作家笔下的海峡二十七城

作家笔下的

高雄

打狗新姿

作家笔下的海峡二十七城丛书编委会 编

台湾图书出版事业协会 编

 海峡出版发行集团 | 海峡文艺出版社
THE STRAITS PUBLISHING & DISTRIBUTING GROUP | Haixia Literature & Art Publishing House

图书在版编目(CIP)数据

作家笔下的高雄/作家笔下的海峡二十七城丛书编委会、台湾图书出版事业协会 编. 一福州:海峡文艺出版社,2010.6
(作家笔下的海峡二十七城)
ISBN 978-7-80719-512-2

Ⅰ.①作… Ⅱ.①作…②台… Ⅲ.①散文－作品集－中国－当代 Ⅳ.①I267

中国版本图书馆 CIP 数据核字(2010)第 098723 号

作家笔下的高雄

作家笔下的海峡二十七城丛书编委会
台湾图书出版事业协会 编

责任编辑 任心宇
出品人 何 强
出版发行 海峡出版发行集团
海峡文艺出版社
经 销 福建新华发行(集团)有限责任公司
社 址 福州市东水路 76 号 14 层 邮编 350001
网 址 www.hx-read.com
发行部 0591－87536797
印 刷 福州德安彩色印刷有限公司 邮编 350008
开 本 880×1240 毫米 1/32
字 数 100 千字
印 张 4.75
版 次 2010 年 6 月第 1 版
印 次 2010 年 6 月第 1 次印刷
ISBN 978-7-80719-512-2
定 价 35.00 元

如发现印装质量问题,请寄承印厂调换

总序

詹国忠

　　"作家笔下的海峡二十七城"丛书即将付梓出版,并在海峡两岸同步发行。这是两岸出版业界携手合作的又一个重要成果,很有创意、新意、意义,可喜可贺。

　　由海峡文艺出版社、台湾图书出版事业协会和福建闽台图书有限公司共同策划推出的"作家笔下的海峡二十七城"丛书,对海峡西岸经济区20城市(福建的福州、厦门、漳州、泉州、三明、莆田、南平、龙岩、宁德;浙江的温州、衢州、丽水;广东的汕头、梅州、潮州、揭阳;江西的上饶、鹰潭、赣州、抚州)和台湾7个代表性城市(台北、台中、高雄、台南、新竹、嘉义、花莲)的历史文化,进行审视梳理和系统介绍,充分展示了两岸之间深厚的历史文化渊源,体现了中华民族的悠久历史和灿烂文化。丛书的出版,融合了两岸文化人的智慧,开创了两岸出版业界合作的新模式。具体来说,有以下几个特点:

　　一是立足海峡、紧扣时代。丛书抓住海峡两岸27城市历史文化的精彩片段进行遴选还原,用历史的眼光加以辩证审视,用现代的情感进行勾画叩问, 用精彩的文字和富有表现力的图片予以生动展示,使时代的主题得到了很好的诠释和表现。

　　二是选文精当、点面结合。丛书设置了"探寻历史遗存"、"拜访古代先贤"、"感悟绿色山水"、"品味地方风情"等章节,分别从物质文化遗产、历史著名人物、自然山水景观以及非物质文化遗产等层面,进行选文组合,将当地的历史文化、风土人情、民俗风情、城市面貌生动展示出来,让读者不仅感受到闽南文化、客家文化、妈祖信俗等两岸共同文化之根的深远影响,而且也感受了海峡城市群多姿的历史风貌和独特的现实魅力。

三是形式活泼、图文并茂。丛书以散文的手法探寻历史,注入现代人的情感,赋予较强的文学性和可读性;书中辅以大量精美的图片,图文并茂,具有很强的吸引力和感染力,既可作为散文佳作来品,也可作为乡土历史教材来读,还可成为外地读者了解一个城市的旅行读本。

四是两岸携手、创新合作。丛书从文化寻踪入手,由两岸业界携手,在图书的编写、出版、发行等各个环节建立紧密合作,在推动两岸合作上具有典范性意义。

海峡两岸各界对本丛书的出版都给予了高度关注。新闻出版总署署长柳斌杰为丛书题词。台湾知名人士连战、吴伯雄、宋楚瑜、王金平、江丙坤、蒋孝严、黄敏惠以及胡志强等也为丛书出版题词祝贺。

当前,两岸关系发生了重大积极变化,两岸和平发展处于进一步向前推进的重要机遇期。希望两岸出版业界抓住机遇,开拓进取,以文化为纽带,以发展为主题,以创新为动力,以项目为抓手,携手合作,共同努力,不断谱写两岸出版业交流合作的崭新篇章,建设两岸同胞共同的精神家园,推动两岸关系朝着和平稳定的方向发展。

(作者系中共福建省委常委、宣传部长)

目 录

感悟绿色山水

品味地方风情

　　循着时光脉络，寻找岁月流过的痕迹。绵延的城墙斑驳的砖石娓娓诉说古老的故事，殿宇楼阁依然肃穆地伫立，旗津灯塔在高雄港口默默守候辛勤的渔船满载而归，巍峨的天后宫总是带给人们心灵的庇佑，雄镇北门炮台烟硝尽散，当年捍卫疆土的坚定身影永远挺拔驻留。走进时光隧道，感受古老的心跳，思古幽情故土之念油然而生。从先人的遗迹中寻找我们的根，是为了投身美好未来的开创事业。

探寻

历史遗存

漳台宗祠传承对接

漳州南靖书洋吕氏芳园祠

台湾桃园吕氏河东祠堂

珍贵的文化遗址

高甫

凤鼻头遗址,与台东八仙洞和卑南,以及台北圆山和大坌坑遗址,并列为台湾一级古迹,都是台湾重要的新石器时代文化遗址。

凤鼻头遗址位于高雄县西南方,与高雄市小港区相邻,属于高雄县林园乡,是由上升的海岸和冲积的平原组成的台地。遗址在日本占领台湾末期出土,考古学者张光直在1965年曾进行有计划的发掘,确定遗址具有多文化层位。

凤鼻头遗址分为3个文化层,包括年代在5200~4700年前的大坌坑文化层、约3500年前的牛稠子文化层以及3500~2000年前的凤鼻头文化层。在台湾众多的考古遗址中,唯有凤鼻头遗址涵盖多层位的文化层,为研究台湾西南部史前文化的发展与序列提供了重要的线索,是极为丰富珍贵的文化资产。

凤鼻头遗址发现的遗迹有墓葬、贝冢及屋迹,在出土遗物方面,主要有红色夹砂陶、灰黑色夹砂陶、红色粗绳纹陶、红色泥质陶、灰黑色泥质陶及石刀、石斧、石锄、骨镞、针、玉器等等。

另一重要遗址是湖内遗址,它位于高雄县内湖乡湖内村西南方,即台糖铁路与台十七公路之间的平原上,属于茑松文化早期遗址,产生年代为距今2000~1000年,目前发现的遗址为贝冢,出

海 岸 景 色　　　　　　　　　　　　　　　　　　　　　　家娴摄

土遗物方面，主要包括有素面红陶、陶纺织、鸟头状器、黑陶陶环、石锤、石刀等等。

其次还有漯底山遗址，它位于高雄县弥陀乡漯底村，为一多文化层遗址，包括汉人文化层、茑松文化贝冢及牛稠子文化灰坑，出土遗物有红色绳纹陶、红褐色素面陶、陶环、红褐色绳纹陶、石锛、板岩石刀等等。

最后期的尚有后庄遗址与大湖遗址、潭头山遗址。后庄遗址位于高雄县大树乡永安村与茑松乡仁美村交界附近，在东南曲流北方300~500米的丘陵高地上，年代距今4000~3000年。该遗址于1991年才经调查发现，为高雄地区新发现的内涵极为丰富的遗址，目前发现的出土遗物包括有方格纹红陶、灰黑陶、石锛、石斧、陶环、绳纹红陶等，并曾在果园发现一石棺。

大湖遗址原称大湖北遗址，位于高雄县湖内乡大湖村附近，为茑松文化的代表遗址，产生年代约为距今2000年，主要发现的出土遗物为陶器及石器等。

潭头山遗址一处位于林园乡潭头村原金潭小学西侧约300米，文化层为牛稠子文化凤鼻头类型，年代距今4500~3500年，出土遗物有红色泥质陶、红褐色夹砂陶、磨制石铲、石锛、石镞。

潭头山遗址另一处位于林园乡潭头村，原金潭小学西北侧约350米的凤山丘陵东侧缓坡地上，遗物分布范围南北约250米，东西约150米，为茑松文化，年代距今约2000~400年，出土遗物为红褐色夹砂陶。

几年前，考古人员在爱河附近发现不少先民遗物。这些陶片、石器、贝壳遗物，经过考证是属于先民使用的器物，属于茑松文化层的后期。

从1862年，途经打狗的英国人必麒麟(W.A Pickering)所著的《发现老台湾》书中描写当时打狗的情形，我们可以想象，分布于柴山山麓与爱河冲积平原上的早期打狗人，经常三三两两，驾着竹筏，穿梭于爱河附近的低湿沼泽间，在布满林投树、含羞草、棕榈、红树林等热带植物的爱河流域，捕鱼捞贝，猎鹌采果，过着悠闲自足的生活。

台湾首座土石城池

高文化

　　位于左营的城门古迹是台湾第一座土石造的城池,建于清道光五年(1825),现今仍留有北、东、南三个城门及部分城墙,保留最为完整,已列为台湾一级古迹。

　　凤山县旧城,位于高雄市左营区,又称左营旧城。由于清代左营划归凤山县管辖,故称为凤山县旧城,并非今高雄县凤山市。现今看到的旧城是道光五年(1825)所重建。由于后来在埤头街(今高雄县凤山市)又盖了一座凤山县新城,因此相对于"新城",左营

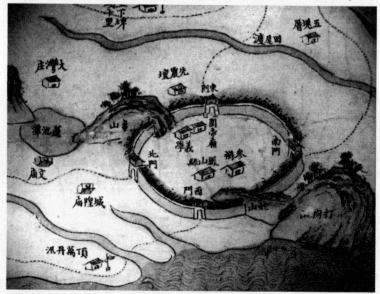

乾隆年间台湾地图中的左营旧城形势图

郑温乾翻摄

凤山城东便门与东福祠　　　郑温乾摄

历史悠久的凤山，与台南、嘉义鼎峙而立，为台湾三大古邑之一。根据凤山县县志记载："凤山，在县南卅里，山蟠郁里许，其首昂腾如冠，最为圆秀。"又说："旁有两小峰，形如飞凤展翅，县治命名取此。""凤"成为凤山的标志。

凤山县城原本设在高雄市左营，清朝乾隆五十一年(1786)林爽文起兵反清，攻破凤山县城，县令汤大奎及典史史谦等文武官员殉职。林爽文事件平定后，朝廷有感于旧城三面环山，强敌在外窥伺，易攻难守，于乾隆五十三年(1788)将凤山县署迁往大竹桥里下陂头街，也就是今天的凤山市。

就被称为"旧城"。凤山县旧城在台湾的筑城历史中，具有许多特殊之处。

除了荷兰人盖的几座红毛城外，台湾的第一座中式城池即为凤山县旧城，可谓台湾城池之祖。而凤山县旧城不但是台湾第一座土城，也是第一座石城；另外，第二次筑城时将孤立的龟山圈围在城内，并在北门左右两侧设置泥塑门神，在清代台湾的县城中都是唯一的例子。环顾清代在台湾所筑之城池，除恒春古城外，当属凤山县旧城保存最为完整。

清朝统治台湾初期，为防叛乱，不许县府筑城。康熙六十年(1721)，朱一贵起义，致兴隆庄县署残破，清廷始允筑土城或竹城为御。康熙六十一年(1722)，凤山知县刘光泗筑土城于左营兴隆庄(台湾土城鼻祖)。乾隆五十一年(1786),林爽文起兵,城毁。乾隆五十三年(1788),凤山县治移往埤头街(今凤山市),插竹为城。道光五年(1825),知府方传檖募款,就地取咾咕石、三合土等为材,由知县杜绍祁督建兴隆庄县城为石城,此即台湾首座石城。咸丰三年(1853),林恭之乱,官民退守埤头街县城火药库,因得无恙,乃正式迁移。故称埤头街县城为新城,兴隆庄县城则相对为旧城。1940年,日军将位于制高点之旧城划为军区,命城内居民迁出,左营庄役所亦迁出城外办公,致城内文物荡然无存。

城池建筑样式为砖石造城郭,城壁材料使用咾咕石,三合土为基,砌成内外墙,内部填土,上以红砖砌成雉堞。城门洞则以花岗石砌半圆拱而成。古迹指定范围包含东门、南门、北门及城墙、护城河与北门外之镇福社、拱辰井,目前旧城外观则为1991年3月修复的成果。

凤山新城同仪门(东便门)　郑温乾摄

西门(奠海门),位于左营自助新村内,仅遗城墙一截,约百余米,其门额"西门"现存于高雄英国领事馆官邸内展示。

东门(凤仪门),城

左营旧城城墙　　　　郑温乾摄

左营旧城东门与护城河夜景　　　　　　　　　　　　　　　　　　　郑温乾摄

门尚完整,城墙延存500多米,右连永清小学,左接海光新村,城上雉堞遗有多处,现已完成修复。

南门(启文门),位于左营大路与鼓山三路交叉口。地处左营交通要道,其城门额书"启文门"。勒石文字仍完好如初。南门上之城楼则建于1969年。

北门(拱辰门),位于胜利路、义民巷、埤仔头街交会处。城门构造尚称完好,左右延存城墙100多米,表门额"拱辰门",门外两侧塑有五彩灰质门神立像,技精工细,为全台最独特者。

凤山市原地名不是"凤山",现今的凤山市内也没有"飞凤展翅"的山。根据记载,凤山市原名为"埤头",凤山原为县之名称,如依古时记载之"凤山",则指的是现今的高雄市左营,或泛指高屏三县市。

唐山过台落脚三块厝

钟振陶

三块厝的老家族历史长远。在三块厝的开基老家族中,王家族谱完整地记载着家族来台的发展。王家来台第一代开基祖王仅,漳州府南靖县西门外阡垯社人,生于顺治十七年(1660)。历经海上风霜,渡过黑水沟,落脚于打狗的龙水、漯仔底,承租学田开垦,后又与郑、蔡姓乡亲涉水过至河对岸开垦。三姓的垦殖地,在族谱中清楚地记载着:"王姓占住三块厝村之东段(土名桥头),其垦地则拥有三块厝之东北段田亩。蔡姓占住三块厝村之南段(土名海墘),其垦地则拥有三块厝之西北段田亩。郑姓占住三块厝村之西北段,其垦地则拥有三块厝西段田亩。因有三姓开垦,又称三块厝。"

三块厝因商业发达,老家族的大瓦厝颇具规模,高雄的前辈文史工作者林曙光先生就曾提及三块厝的大瓦厝有顶下埕、四垂亭等。

三块厝以学风鼎盛闻名,如王家生于嘉庆十九年(1814)的第六代祖王五赛(字钦若),即为邑大学生,而后子孙或士、农或商、医而世代相承。

三块厝地貌已改变,老瓦厝也大多拆除殆尽,但是在宁静的三民街新颖的高楼建筑庭园中,仍保有一座题为"希怀葛"的雅致

凤山市老师与学生举办凤山城乡土教学　　　　　　　　　　郑温乾摄

古门楼。为名医王网臣在台湾割日时,购自携眷内渡的龚姓秀才的大瓦厝,门楣上的"希怀葛"为龚秀才所题,寓意为向往古时希怀氏与葛天氏为皇帝时,其子民皆安居乐业且长命百寿。

王网臣之子为高雄名诗人王隆逊,别号槐园,故王家子弟又称"希怀葛"庭园为槐园。王隆逊曾与高雄文人成立寿峰诗社,诗书皆佳,流传甚多,三凤宫的对联即为王隆逊所题。槐园是高雄寿峰诗社等诗友吟诗畅叙聚会之处。

客家先民开基美浓

钟振陶

在武洛庄(今屏东县里港乡茄苳村)的客家人,与闽南居民时有冲突。加上武洛庄时常有水患,当地客家先民思索着另觅垦地。在一次追寻失牛时,武洛庄的客家先民追到美浓灵山脚下和福安一带,喜见失牛悠然自得地在一片祥和静谧、氤氲弥浓的天地间觅食。客家先民视其为佳境,而常至该处放牧。数年之后,客家先民有意到该处开垦,但当时该处被清朝政府列为禁地,武洛庄右堆统领林丰山、林桂山兄弟,因曾于剿平吴福生之乱中有功,遂以"安置临危之武洛庄民,供其垦殖,以酬军功"为由,向清朝政府陈请准予开发,而在乾隆元年(1736)获准入垦。

这一年的秋天,林家兄弟正式率领武洛庄民40余人,移往美浓山下开庄垦殖。因客家族群务农,敬重山神土地,为祈求保佑风调雨顺、五谷丰收,于是在灵山山麓水口处,兴建了土地伯公坛,并奉之为"开基伯公",祈求山川神灵保佑美浓这片土地可大可久,世世代代在此繁衍传承下去。

为了生活上用水便利,移垦到美浓的16姓人家,在美浓溪北岸建了24座伙房,建立了"弥浓庄",以一条东西向的街道贯穿聚落。为求永久安居在此地,街名取为"永安街",开启了客家人在美浓生活的历史。

溪畔讲古话高屏

牛福庆

从凤山山顶向东远眺，可以看到全台湾流域最广的下淡水溪。这条溪是今天高、屏两县的分界，所以现在改称高屏溪。下淡水溪尚未架大桥之前，居民来往全靠渡船；溪的源头有荖浓溪和楠梓仙溪两条重要支流，水量虽然丰沛，却不利于航行。整条溪在地形平缓、水流稳定的地方设了渡口。只有渡溪，才能让人感受到凤山

荖浓溪是高屏溪（下淡水溪）上游源头之一　　　　郑温乾摄

县八景中"淡溪秋月"那种"一片冰轮海上生，淡溪秋水寂无声"的清静，也只有在渡船上才能拥有"夜半缘溪千里明"的清爽月光。

淡溪夕照　　　　　　　　　　　　　　　　　　　　郑温乾摄

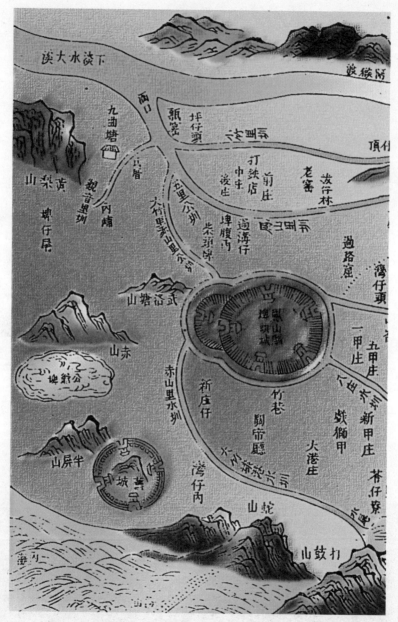

凤山新城位置图,凤邑赤山文史工作室根据《萧云文钞》原图绘制(2007年7月)

郑温乾翻摄

如果你看得懂乾隆二十九年(1764)的凤山县全图，你会发现地图中的道路都很简单，不同于现在地图总画着密密麻麻的交通网；从重要路口设塘、汛，也可以了解道路的军事用途很高。清代高雄县境内的交通工具仍以人力车、牛车、竹筏和少数轿子为主。1908年建成了台湾纵贯铁路，铁路线从基隆直通高雄，并且到达凤山。在九曲堂铁桥尚未完成之前，糖厂小火车想通到屏东，必须将铁轨铺设在高屏溪河床上，才能行驶。但是雨季水涨时，铁轨收回，火车就无法到屏东了。1913年，下淡水溪上建成了号称东亚第一大桥的"下淡水溪铁桥"后，火车才从九曲堂正式接到屏东。从此，下淡水溪畔"来往行人频唤渡"的景象就不再有了。

根据古地图，我们从下淡水溪出海口西溪汛开始上溯，一起探访沿岸的先民村落。

首先映入眼帘的是"退休"的下淡水溪铁桥，它已被列为台湾三级古迹。

蜿蜒的荖浓溪流过六龟乡境内。它是下淡水溪的上游，在林园乡出海。

西溪汛一带就是现在的林园乡。清水岩是乡内的名胜，也是凤山的一部分。山上有咾咕石形成的自然景观。春天，山坡上栖满白鹭，景色如画。继续沿溪北行到大寮乡，这一段的下淡水溪地势

高屏溪橡皮坝拦合院提供高雄　　　　　高屏溪昔称下淡水溪　　郑温乾摄
民生用水　　　　　郑温乾摄

下淡水溪铁桥　　郑温乾翻摄自《高雄州要览》

平坦，河面宽广，泥沙也多，夏季很容易泛滥成灾。在这里垦荒的先民，为了适应环境，就以芦苇搭建草寮暂住。水患时，避开草寮，水退后，再回来耕作肥沃的冲积土。因为草寮多，便以草寮为地名，如溪埔寮、潮州寮、顶大寮、下大寮，这些村落的合称，就是"大寮乡"地名的由来。

逆行下淡水溪继续北行，就到了大树乡。地图中的龙目井，就是大树乡龙目村，龙目井因为有两口天然井水相连，形状像龙的眼睛，才因此得名。相传，重病的人喝了井水就会痊愈，真是神奇！大树乡目前的重要古迹有：九曲村的曹公圳头和下淡水溪铁桥；有名的佛教圣地佛光山，也在本乡的群山之中。旗山旧名番薯寮，弥浓庄是客家重镇。

溯溪而上，过了下淡水溪上渡头，就来到旗山镇了。根据旗山镇志记载，早年旗山并没有村庄，所以古地图中也看不到"旗山"的地名。每天路经此地的行人，只见路旁有位老婆婆在茅寮里贩卖番薯糊，供顾客充饥歇脚，久而久之，形成一个种番薯的聚落，所以，旗山镇的老地名叫"番薯寮"。

渡过楠梓仙溪，旗尾庄就在眼前。旗尾还曾有糖厂工业街的称号呢！

隔着旗尾溪，弥浓庄就在对岸。阵阵粄条香味随风而来，告诉我们：这儿是客家重镇。弥浓后改名美浓，沿用至今。弥浓庄东南的九芎林，就是现在美浓的广林地区。先民在开发此地之前，原有一大片的九苓树;如今,九苓树林已被开辟为农田了。

糖厂小火车,拉近了乡镇之间的距离。

在清代,先民沿着下淡水溪,想从林园、大寮、凤山到大树、旗山、美浓去,交通并不方便。后来因为有了小火车载送制糖用的甘蔗,而促成了乡镇之间的频繁往来。虽然,纵贯铁路无法深入每一个村落,但是糖厂经营的小火车,却能穿梭在蔗园密布的乡镇中。而糖厂小火车不但运送甘蔗,也兼营载客事业。问一问住在旗山、美浓、凤山、大寮、林园、九曲堂和桥头的长辈们,他们可能在小时候都坐过糖厂小火车,或者曾经调皮地追着小火车,偷拉车上的甘蔗吃呢!

当我们依着古地图走到九苓林,已经是汉人开垦的尽头了。弥浓庄东北的层层山峦,是汉人尚未开发的地区,放眼望去,可以看到一般人并不熟悉的傀儡山、拜律山、北叶山……但它们可是一直扮演着少数民族的守护神呢!少数民族本着崇敬大自然的天性,保住了下淡水溪的长而清澈的溪水,也使得稀有的高身固鱼有继续生存的空间。高雄县的少数民族中,布农人以家族为单位,

群山环抱中的茂林乡鲁凯人多纳聚落

郑温乾摄

17

过去往往七八十人共同住在一间大石板屋里面,一座山头也只有一两户人家。他们以杵音互通消息,每当播种或收割小米时,会举行盛大的祭典,族人摆动身体,哼唱古老的合音,祈祷小米能够丰收。每当狩猎时,要先听取小鸟的叫声,占卜吉凶。他们的音乐《祈

茂林乡多纳小学充满少数民族文化风貌　　　　　　　郑温乾摄

祷小米丰收歌》，还被联合国列为人类共同的文化资产呢！

　　住在茂林乡下三社的鲁凯人，与附近屏东县的排湾人一样，都是阶级社会。鲁凯人有头目、贵族和平民三个阶级，平民应向头目纳贡。鲁凯人的头目和贵族经常创作图腾式的艺术图案，表现在刺绣、头饰、陶壶、石雕和木雕上面，也喜欢佩戴琉璃珠，用来象征他们的权威和地位。鲁凯人的雕刻图像，有很多百步蛇纹和百合花纹。蛇和百合花受到崇敬，衍生许多信仰和禁忌。凡是打猎英雄和贞洁勤劳的妇女，都可以配戴百合花。过去鲁凯人每天傍晚都会在溪流中裸身戏水，青年男女借机互唱情歌，欢乐无比。居住方面，鲁凯人就地取材，在溪谷中采取板岩，加工建造石板屋，外形美观，冬暖夏凉。早期石板屋门窗低矮窄小，可以用来防卫敌人的进攻，现今经过改良的新式石板屋，舒适清凉，是建筑物的极品。南邹人的歌舞祭典，是族人对天地神灵最虔诚的感恩，每种祭典都牵动族人的灵魂，让族人团结在一起。平埔人已经融入汉人的族群，由于他们是传统的母系社会，大量的女性和汉族移民通婚，导致现今当地大部分的汉人都具有平埔人的血统，平埔人可说是我们的母系祖先。因此，古谚曾说："有唐山公，无唐山妈；有平埔妈，没平埔公。"甲仙乡的小林小学，设有平埔人文物馆。小林公廨和邻近的平埔村落，每年定期举行平埔夜祭，族人唱着苍凉的祭歌，仿佛是在提醒汉人社会不要遗忘母系祖先的存在。广林，俗称"九芎林"，据说古早时代村庄里种满九芎树，但现仅剩下一株居民户前的小树苗，是美浓镇内距离黄蝶翠谷最近的庄头，也是台湾文学家钟理和的著作《笠山农场》故事的发源地，钟理和纪念馆也位于这个小村庄内。"说在地的故事——美浓巡礼，细数广林"，山脚下族群融合的见证就在这里。

雄壮刺竹护打狗

高文化

高雄旧名是打狗。你可知道为什么高雄县和高雄市同名？原来早在三四百年前，高雄县和高雄市交界的平原地区，散居着平埔人部落。其中，住在现在高雄港附近的部落，叫做"TAKAU"，后来的汉人移民就直接把它译成"打狗"（闽南话）。如果只从字面意思来看，以为住在"打狗"的平埔人喜欢打狗，那就不对了；在平埔人的口语中，"打狗"可是"竹林"的意思呢！

据说数百年前，高雄港附近常有海盗出没抢劫，为了保卫家园，平埔人就在住家附近的周围遍植刺竹，高雄港一带因此"刺竹成林"，"打狗"也就这样转借成地名。后来，由于汉人一波波地涌入"打狗"开垦，到了清朝末年，"打狗"的范围就由高雄港一带逐渐扩大到现在的高雄市区。

刺竹，俗名叫做大竹，现在在高雄的乡野，还可以找到重重刺竹的英姿。站在高大的刺竹之下，望着交错盘缠的竹枝，节节长着如勾的利刺，除了感受到大自然造物的神妙，也更能深刻体会先人求生存的奋斗精神。

先人拓荒时期，在高雄一带，各族群之间为了占耕地、抢水源，常常发生纷争。汉人移民学平埔人，在垦区村庄的周围，照样遍植刺竹，以防范侵略。到了清代，凤山县城刚建立时，既没有城墙,也没有城门,重重刺竹成了凤山的保护墙。在先民拓荒的时代,重重的雄壮刺竹,就是家园的"捍卫战警"。清初赴台的历险家郁永河先生看到这样的特殊景观,曾写了一首诗赞叹刺竹:

恶竹参差透碧霄,

丛生如棘任风摇。

那堪节节都生刺,

把臂林间血已漂。

"打狗"又是如何变成"高雄"的？

原来日文中也有汉字，而"TAKAU"的音写成日文汉字，就是"高雄"。1920年，统治台湾已有20年的日本总督府，决定重新调整台湾的行政区域，于是，在打狗地区设立了"高雄州"。1941年，日本官方禁说闽南话，由于"高雄"两个字的日语发音与"打狗"的闽南话发音非常相近，因此"打狗"这个充满乡土气息的名字，也就慢慢地被"高雄"取代。

高 雄 港

栾智雄摄

有凤来仪起书院

凤生

凤仪书院有别于官学，是民间兴办的学校。

书院制度发端于唐朝，在宋朝和元朝达到鼎盛，至明朝和清朝仍维持不衰。中国最早的书院为唐玄宗开元元年(718)所创设的丽正修书院，但并没有学校的功能，而是朝臣探讨研究典章学术，为皇帝制定政策作参谋的场所。

北宋时期是书院全盛时期，有闻名天下的白鹿洞、岳麓、应天、嵩阳等4大书院，吸引读书人争相投身苦读，成为科举取士的重要来源，一直相沿传承到清朝末年科举制度取消为止。

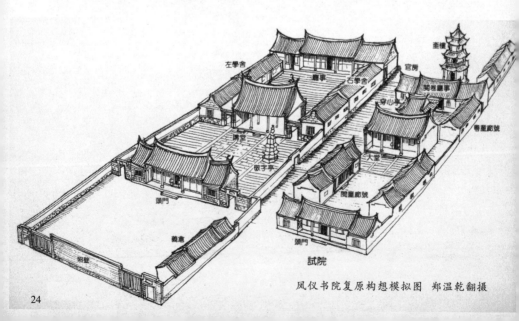

凤仪书院复原构想模拟图　郑温乾翻摄

台湾最早的书院是清朝康熙二十二年(1863)靖海侯施琅在台湾首府台南创立的"西定坊书院",性质属于义学过渡到正式书院的雏形书院,直到21年后才由知府卫台揆在台南设立台湾第一座典型书院"崇文书院",但两座书院现都已消失不复存在。

凤仪书院　　郑温乾翻摄自《高雄州要览》

凤仪书院是凤山市第一所书院,由候选训导岁贡生张廷钦于清朝嘉庆十九年(1814)在现今曹公小学所在地督造兴建,有37间房舍,其中学舍12间,讲堂3间,举人卢尔德祥曾于1891年重修一次。近百年来弦歌不辍,不仅是读书人求取功名的场所,也是凤山地区的学术和文化中心。

凤仪书院前埕及头门 3D 图　　　郑温乾翻摄

莘莘学子参观凤仪书院　　　　　　　　　　　　　　　　　郑温乾摄

　　凤仪书院可分内课生、外课生和附课生等3种，成绩较好者为内课生，次为外课生，再次者为附课生，而内外课生则有相当于今奖学金、助学金的膏火银津贴。书院不但欢迎学生来上课，还供应午餐，居住附近的学生放学后回家，远道的学生就在书院的学生房舍寄宿。师资除称为山长的校长外，还有教谕、训导、教职员、工友等，与现在的私立学校差不多。

　　日本于1895年开始统治台湾，将凤仪书院充作凤山市公所前身凤山街役所的员工宿舍，凤仪书院开始没落，遭到破坏。以后数度易手，居住人员复杂，形同大杂院。

　　凤仪书院和中国传统科举制度中其他民间书院一样，都是提倡读书风气，兼做岁科童试考场，是培育人才的地方。童试之后经由推荐参加县、府、省及京师等会考，以求取功名，光耀门楣，是文人晋身仕途的门径。

整建前的凤仪书院外观　　　　　　　　　　　　　　郑温乾摄

每年 11 月 1 日举办曹公圣诞典礼　　郑温乾摄

功在千秋的曹公圳

蔡耀明

沿着高速公路南下便可到高雄仁武乡。仁武乡大字埤寮有一个总督埤。四周冈峦环绕，林木苍翠。当年清闽浙总督巡视台湾旱田来到这里，下命浚埤以通水源，因此才命名为"总督埤"。

凤山市曹公庙曹谨神像　　郑温乾摄

清乾隆二十三年(1758)水利工程稍见荒废，乡人便集资扩修，分埤为九路，可灌田300多公顷。长年绿水涟漪，

风光秀丽,有天然图画之美。埤的水源出于观音山一带的后谷泉,埤中繁殖多种鱼类,四周也有部分建筑点缀,已具名湖气象。假日前来游埤钓鱼的人,大多乐而忘返。

清曹公圳碑　　　　郑温乾摄

名扬乡里　功盖凤山　　　　郑温乾摄

踏当地公路东行,翻过了丛山,约行10千米即抵大树乡。大树乡地形窄长,东以高屏溪为界,中有纵贯台糖专用铁路相通,南起九曲村(旧名九曲堂或九曲塘),

曹公圳九曲堂进水口　　　郑温乾摄

29

曹公圳纪念碑　　　　　　　　　　郑温乾摄

北至统领坑而达旗山镇。大树乡因沿溪而立，且有曹公圳之设，故水利灌溉事业极为发达。

曹公圳在大树乡九曲堂，这里是高雄沿海平原通屏东平原的交通枢纽。高雄通屏东铁路与公路大桥皆在此通过。铁路大桥在北边，长约15千米；公路桥在南边，长约18千米，两桥相距1.5千米。桥下溪中多沙洲，盛栽蔬菜和西瓜，而曹公圳的取水口，即在九曲村的东南边。这里绿树浓阴，为避

曹公祠　郑温乾翻摄自《高雄州要览

暑胜地,凤山诗人姚松茂咏《大树水源避暑》诗道:"寻凉探胜水源行,九曲堂过入小坪。人正趋炎吾至此,顿消利热宕诗情。"

清道光十七年(1837),凤山县令曹谨一到任,即巡行旱地,寻查水源,行到了九曲塘,但见溪流急奔竞,岸上却枯干如故,一任其随波逐流而不予以利用,非常可惜,便和地方父老谋求建水圳来利导,于是招工开掘,积极进行。

曹公圳的工程由杨号设计,到了道光十八年(1838)竣工,计掘圳道十多千米,可灌溉数千公顷田地。从前的旱田,至此都变成了肥美的土地。

知府熊一本嘉奖曹谨的贤能,因而改圳名为"曹公圳",并撰《曹公圳记》,建碑勒石,以留永久。道光二十一年(1841)凤山大旱,曹谨再和郑兰生等募资增辟另一圳,称为"曹公新圳"。咸丰举人刘家谋咏曹公圳道:"谁兴水利济瀛东?旱潦应资蓄泄功。灌遍陂田三万亩,至今遗圳说曹公。"光绪县庠生谢萍香咏道:"新陂水与旧陂通,终岁无忧旱潦逢。种得水田三百顷,家家鸡黍拜曹公。"

曹公圳五孔涵升降闸门　郑温乾翻摄　　曹公圳五孔涵　郑温乾翻摄

如今这里水利的功效极显著，人民犹食其泽。故福建巡抚王凯泰也咏诗赞道："绿阴深处偶停骖，水利犹闻故老谈。无数稻花香满岸，好风吹过凤山南。"

凤山县民为了感怀曹谨的贡献，便在凤山市的凤仪书院内建祠纪念他，名为"曹公祠"。日本占领台湾时期，因曹公祠年久失修，所以拆迁重建，现在称为"曹公庙"。如今，每年11月1日，地方人士都会举行隆重祭典，纪念曹公。

现在使用中的曹公圳

郑温乾摄

打狗第一家砖仔窑

南方客

1899年，日本人鲛岛盛在打狗三块厝郊区创办了三座传统"目仔窑"的鲛岛炼瓦工场，为打狗第一家砖仔窑。1913年，台湾经济繁荣，各地建筑蓬勃发展，红砖需求量扩大，后宫信太郎在台北成立"台湾炼瓦株式会社"，整合各地原有砖窑厂，台湾炼瓦株式会社打狗工场也成立。后应市场需求，陆续扩充规模，增建6座八卦窑，添设高产能设备，当时南台湾重要建筑物的砖块几乎均由此供应。

打狗第一家砖仔窑建筑材料使用红砖，建筑风格奇特，八卦窑与两座烟囱等建筑的保存现况仍相当完整，虽有植栽攀附其上，然并不减损其整体的历史价值。就其砖构的技术，包括砖质、砖砌法、砖拱结构、砖墙高度及砖饰等，均具有技术美学上的价值。

砖仔窑古迹为台湾20世纪砖材生产工业之重要见证。砖材为台湾地区混凝土及钢铁材料技术发展前最重要的建筑材料。类似砖材生产设施台湾地区已少见，规模为最大，且后期又增加新式生产设备，可看出生产技术的演进。各式不同生产设备并存，具产业文化的稀有性、代表性、完整性。

重现史迹的汛地碑

秦可风

　　高雄市旗后天后宫为发扬高雄历史文化,特复制重要古物打狗汛地碑,并立于该庙庙埕,这是台湾首件重要古物复制案例。

　　打狗汛地碑为清乾隆三十九年(1774)设立,碑记内容属"官方示谕"性质,与打狗历史有关,将其与地方志等史料文献记载相互佐证,可知清代设立打狗汛及旗后汛于今旗津区之史实。台湾现存示禁碑中,多立于城门或一般陆汛(清代绿营驻兵单位),唯独此碑属水汛所立,显得珍贵稀有。

　　当时渔船、商船往来旗津频繁,但因汛兵管理不善、纪律不佳,船只到口报验后,原仅需收取挂号钱20文后即应放行,不过据船户陈合利等控称,时南路东港、打狗等汛,除取20文外,复多勒索刁难之情事,致船户不堪其扰。官府因此镂刻此碑示谕,若再闻勒索刁难情事,经船户控告查明属实,将严加参革,按律治罪,决不轻恕。碑记内容清楚描绘当时社会之一斑,过去场景仿佛历历在目,鲜明生动。

　　旗后天后宫主任委员陈汉升因打狗汛地碑与旗后历史渊源关系十分密切,为了让更多民众进一步了解古碑所具有的地方特色及历史意义,因而向高雄市历史博物馆提出复制申请,馆方亦乐见地方重视文化资产保存及推广,同意其复制申请后,依规定邀请"高雄市古物审议委员会"施弘毅委员担任监制审查,并提供石碑复制相关专业意见，以促成这桩美事。大家都希望借由石碑复制完成，将历史过往重现在人们眼前，同时加强高雄地区历史有关文物之征集、保存与研究，保护高雄市丰厚的文化资产。

打狗汛地碑已拥有236年历史，但它的发现，却是因一场同乡聚会，高雄市历史博物馆前任馆长陈秀凤被邀前往，知道经营渔业公司的潘三光家中，有块年代久远的石碑，才得以公之于世。不然古碑可能至今还躺在潘三光家中。

世居旗津的潘三光表示，祖辈购买旧宅时，就有这块石碑。也因为是祖先遗留下来的，潘三光才细心收藏。

后来高雄市历史博物馆即将成立时，潘三光为让文物得到适当的保护，于是参加史博馆筹备会，希望可以将打狗汛地碑捐赠给史博馆，分享给大家。当时与会人员翻阅了大量历史文书，但都无石碑相关数据，于是不了了之。几年后，潘三光在旗后同乡会，遇到史博馆前任馆长陈秀凤，随口述说家中石碑历史，引发陈秀凤对石碑的高度兴趣。几天后，陈秀凤派了馆内典藏组前来鉴定，才发现打狗汛地碑有200多年历史，与旗后发展渊源关系密切。潘三光就于1992年3月12日将它捐赠给高雄市历史博物馆典藏。

此碑为何在潘三光家？根据当地耆老表示，潘家旧宅前身应该是官衙，建筑风格及建材类似广东省中山县翠亨村的孙中山故居，只是后来因道路拓宽，潘家早已拆除，立碑地点难以查考。

潘三光表示，电影《风柜来的人》摄制组曾到他家借租场地拍摄。如今为了旗津"打狗第一街"地区发展，古厝不得不拆迁。现在想再见古厝，得从影片中寻觅当时样貌。

镇海军墓

纪宝臣

当行驶在平坦宽阔的南横公路时,我们有没有想过筑路者的辛劳呢?他们流血流汗,筑成贯通东西的大道,使人们往来方便。想想看,100多年前,有一群阿兵哥默默地造福人群,最后却病死在崇山峻岭之中,是不是又可怜又可敬呢?

这群筑路的阿兵哥就是"镇海军",镇海军开辟越山道路,造福了地方百姓。

镇海军原来是大将军左宗棠的楚军(湖南兵)一营,后来被派来台湾镇守海疆。1886年,台湾巡府刘铭传命令驻防台湾府城的镇海中军前营移防嘉义,并与驻防嘉义的军队共同开辟嘉义到八潼关的越山道路。

道路全部开通之后,镇海军又被调往集集街(现在南投县集集乡)另筑新越山道路。这期间,他们遇到暑热、瘴疠,许多士兵水土不服而相继病死,由于归途遥远无法返乡埋葬,只好就地葬于五里埔的营垒东侧。

由于找不到上好的石材,墓前的石碑是取自当地的砂岩、板岩或著浓溪底的绿色片岩,而碑上文字则是以刺刀或石凿简单凿刻而成。整个墓地数十座坟挤在一起,看起来简陋而荒凉,却也因此流露出筑路官兵客死异乡的无奈。

　　可别小看镇海军墓是一堆荒冢,它可是台湾唯一的清兵合葬墓地,十分珍贵,现已被列为台湾三级古迹。镇海军墓百年来荒没于蔓草堆中,乏人问津,但它埋葬的是100多年前开垦南横公路的无名英雄。这些筑路英雄远渡重洋,来台开山抚番,竟客死他乡,葬身异地,令人不禁悲从中来。我们在保存历史古迹之余,其实更应该衷心向他们感谢才对!

海岸景色

家蝴摄

开漳圣王庙

陈启昱

凤山有开漳圣王庙,祭祀陈元光。陈元光是唐朝平定南蛮,开辟建设漳州的功臣,唐朝皇后武则天年间受封为首任漳州刺史,政绩卓著,深获地方百姓爱戴。

左营旧城凤仪门(东门)   郑温乾摄

庆祝凤山建成 220 周年开幕活动　　　　　　　郑温乾摄

陈元光担任漳州刺史24年时，身先士卒亲率轻骑平定潮州地区匪乱，不幸阵亡殉职，地方百姓惊闻噩耗，哀号如丧考妣，朝廷感念其功绩，下诏立庙，同时建"圣德世祀"牌坊，表彰其忠勇卫国、爱民如子的情操，万古流芳。

陈元光被地方百姓奉为神明，并尊为圣王，各地纷纷设立开漳圣王祠庙，四时祭祀，香火鼎盛。漳州人渡海移民到台湾拓垦时，分祈家乡开漳圣王庙香火，其中一支于清朝乾隆三十五年(1770)，在凤山县大竹里下陂头街西郊俗称竹巷的村落，设立土造祠堂，供奉陈圣王金身，接受村民膜拜。

200多年来，庙宇历经多次重建，日益扩大。最盛时期，在清朝末年日本殖民统治台湾前，与龙山寺、双慈亭、城隍庙并列为凤山市区四大古庙，也是地方百姓最重要的信仰中心之一，历久不衰。

开漳圣王庙外貌壮观，气势雄伟，同时又保留十分浓厚的古朴风味，墙上的石雕，手工精致，栩栩如生，置身其间，油然而生思古幽情。

开漳圣王庙除主祀开漳圣王神像外，另有马仁将军及李伯瑶将军神像。原本保存两块重建沿革石碑，在日本殖民统治台湾期间，管理人李元平因为担任反抗日本殖民统治的台湾文化协会凤山地区负责人，遭到日警拘捕入狱，继遭军犬啃死，庙方为避免株连无辜，将石碑上的文字全部磨平。这不仅是历史记载损失的莫大遗憾，更是日本以残酷手段殖民统治台湾，永难遗忘的记忆。

开漳圣王新庙于1975年竣工落成，面临中山西路兴建一座气势雄伟的牌楼，成为最显著的地标。广场腹地广大，可同时容纳上千人聚会，每逢婚宴喜庆、艺文竞技和政见发表时，庙埕人声鼎沸，十分热闹。平时这里也是附近民众休闲散步的最佳去处。

从打狗到高雄，数不清的先民书写了一段又一段筚路蓝缕的沧桑历史。太多太多属于高雄古代先贤的故事，等待着我们挖掘、回味。就像星星闪烁不定、明暗有之，历史的星空，照亮了先贤的辉煌绚丽，也透射了英雄的寂寞无奈。古迹楼宇依旧肃穆，先贤们平静祥和而又深邃包容的目光穿透了历史的烟云，俯视着这一片枕山环海的土地。

拜访

古代先贤

漳台宗祠传承对接

漳州漳浦杜浔邱氏家庙

台湾桃园中坜邱氏河南堂

宁靖王英勇赴义

郑子文

任何一位游人在纵贯铁路大湖站下车,只要前行100多步,便可踏上一条斜斜的、野草蔓径的公路,行约1千米,便来到明宁靖王墓前。附近有两株繁茂而幽寂的樟树,高高的,几与云天相吻,像大树将军一样,护卫着这座古墓。墓地仅是四方形的水泥石垒。那直立的石碑上刻着"明宁靖王墓"5个字,一切都是那么简陋,使得前来凭吊的人,倍增凄凉。

宁靖王是明太祖九世孙辽王的后裔,长阳郡王的次子朱术桂,字天球,号一元子,最初授镇国将军,后来封宁靖王。明永历十八年(1664)春天,随郑经入台,不理世事,只在竹沪、凤山一带置田园,并招流民共同垦殖。

朱术桂为人谦恭有礼,又能和乡邻和睦相处,不恃势非为,故大家都颂赞他的品德。后来当获知郑克塽决定降清,他便以自己是大明后裔,义不受辱,于是感叹之余,拿起笔来大书道:"自壬午(崇祯十五年,即1642年)流贼陷荆州,携家南下,甲申(崇祯十七年,即1644年)避乱闽海,总为几茎头发,保全遗体……今四十余年,已六十有六岁,时逢大难,全发冠裳而死,不负高皇,不负父母,生事毕矣,无愧无作。"

明永历三十七年(1683)六月廿七日,宁靖王便整冠束带,告拜天地,诀别父老道:"我去了!"然后就闭门自缢身死。众人将他的遗体扶下，但见他的面色和生前一样。死后的第十天，遗民们才将他和元妃罗氏合葬于长治里，即今日的高雄县湖内乡湖内村的槺仔林中。据今天的竹沪村宁靖王随员后代说道："当年王曾亲嘱死后可葬于正穴，附近另筑伪墓100座，以淆乱清军的搜掘目标。"康熙间诗人会稽陈元图挽宁靖王诗道："匿迹文身学楚狂，飘零故国望斜阳。东平百世思风度，北地千秋有耿光。遗恨难消银海怒，幽魂凄切玉蟾凉。荒坟草绿眠狐兔，寒雨清明枉断肠。"

墓的西南2千米处有一座宁靖王庙，这儿地属路竹乡竹沪村。庙俗称为"华山殿"，左祠祀王灵，右祠为太子宫。庙宇虽不大，而苍古肃静可喜。游人对宁靖王不愿降清而勇敢赴义自刎的精神，无不肃然起敬。无怪诗人连雅堂咏叹道："艰辛避海外，留发见高皇。千古谁争烈？吁嗟北地王！"

冬日谒宁靖王庙
施子卿

崇祠瞻竹沪，龙种共哀矜。命绝孤王发，香消烈女绫。
生扶明社稷，死葬汉冈陵。仰止寒风里，伤心折股肱。

过竹沪吊宁靖王
赖绍尧

古驿荒凉日色死，驱车来过竹沪里。里中郁郁有高坟，云是前朝葬龙子。
忆昔骑鲸逐将军，草鸡大尾成谶文。鹿耳潮平忽飞渡，牛皮地窄意横分。
自辟东宁新日月，何论孤岛小乾坤。隆准有人怜帝子，伤心谁为哭王孙。
六十年来事仓促，荆棘怒生铜驼没。已闻江上树降幡，无复山中采薇蕨。
上天差慰列祖心，入地全归数茎发。闾门殉死有蛾眉，孰辨香魂与忠骨？
玉碎珠啼唤奈何，可怜荒冢委山阿。至今海上斑斑竹，犹似苍梧泪点多。

鸭母王朱一贵起义

朱成龙

朱一贵,福建长泰县陈巷乡亭下社人。康熙五十二年 (1713)渡台,居凤山罗汉内门(今高雄县内门乡),养鸭为业,人称"鸭母王"。他当年养鸭之处,内门乡内门村西侧,至今仍称"鸭母寮"。朱一贵侠义好客,豪放健谈。每有客至,他就宰鸭煮酒,述及国事政情,或高谈阔论,或悲伤感叹。

据说朱一贵养鸭技术高明,能指挥群鸭布阵,母鸭每只都会下双

鸭母王金身　　郑温乾摄

黄蛋。消息传出,朱一贵被看成奇人,人们暗地佩服他。当时的台湾知府王珍横征暴敛,向百姓无休止摊派各种苛捐杂税,怨声四起。台湾地震,引起海水泛涨,民间谢神唱戏,王珍以"无故拜把"为由,监禁40多人。民众砍竹,王珍以"违禁"为由抓200多人,交了钱就放人,不交钱打40大板,驱逐过海,撵回原籍。民间耕牛、糖铺,交钱方许使用。

"地方官种种骚扰,百姓受不过。"朱一贵对清朝官吏的压迫剥削早怀不满。康熙六十年(1721)三月十五日,他与友人黄殿、颜

子京、李勇、吴外等16人聚会拜把，决定武装起义。四月十九日，黄殿、李勇等52人结盟拜把，推举朱一贵为盟主。起义的旗帜上写"大元帅朱"、"大明重兴"、"清天夺国"等字样，以示"反清复明"、"光复故国"。百姓早就对台湾官吏文娄武嬉、政乱刑繁怨恨不已，谋反思变。起义军很快就聚结了1000多人，当夜攻占冈山清兵营汛，缴获鸟枪、藤牌数十件，接着又攻占新园汛、南路营、诸罗山、埠头汛、滨榔林汛、下淡水汛等营汛，夺取了武器。

起义军队伍迅速壮大，到四月下旬有两万多人，五月上旬又有数万人投奔起义军。到最高峰时，参加起义人数达30万人。起义队伍浩浩荡荡，先后攻占了凤山县、台湾府、诸罗县。五月初攻打府治（今台南市），义军大获全胜。清把总杨泰回应义军号召，刺杀总兵欧阳凯。清军守备胡忠义、千总蒋子龙、把总林彦和石琳被击毙。台厦巡道梁文渲、知府王珍、同知王礼及县丞、知县、典史等大小官员败逃澎湖。起义军控制了整个台湾，"全台俱陷"。

起义过程中，朱一贵所部纪律比较严明，每到一地，安民告示，严禁杀掠。"行令颇严，掠民财物者，闻辄杀之"。起义胜利后，各路义军推朱一贵为"中兴王"，建元"永和"，以袭明制，并祭天地列祖列宗及延平郡王郑成功。同时大封诸将40多人，发布文告，号令天下。

台湾事变的消息传到朝廷，闽浙总督满保兼程赶赴厦门，调南澳总兵蓝廷珍出师讨伐。水师提督施世骠也速奔澎湖。当清军调兵遣将之时，朱一贵起义军内，土豪出身的杜君英、杜会父子因图谋王位不成而作乱，背叛义军并率部下几万人出走，义军力量因

鸭母王庙签诗及王公生日
郑温乾摄

此削弱。

六月十六日，清军在鹿耳门登岸，义军与清军激战。二十一日，台湾府城被清军攻破。义军准备退守诸罗，又遭蓝廷珍伏兵袭击。朱一贵率部退沟尾庄。七月初六，朱一贵因叛徒杨旭、杨雄出卖，被清军所获。十二月十八日，朱一贵和其他义军首领一起，在北京就义。朱一贵被俘后，义军或散或逃

林园乡鸭母王庙　　　　　郑温乾摄

或继续抗清，直到雍正元年(1723)，台湾才复归平静。杜君英、杜会父子等几人投降清军，最终也被清军所杀。

朱一贵起义是台湾历史上第一次大规模的农民起义。导致起义的主要原因是台湾地方官员对民众的压迫剥削。康熙皇帝在"上谕"中也承认："台湾地方官平日但知肥己，刻剥小民，激变人心，聚众叛逆。"这说明清初封建官府和广大人民的矛盾已发展到十分尖锐的地步，所以朱一贵揭竿而起，能够一呼百应。这场由农民阶级组织领导的、体现广大农民愿望的农民起义虽然失败了，但对后来蓝廷珍、蓝鼎元提出一系列治理和开拓台湾，促进台湾社会安定和发展的措施，却起了不可小视的促进作用。

曹谨兴水利造民福

曹永汉

　　高雄县凤山市有条曹公路,曹公路上有座曹公庙,曹公庙内供奉着曹公。这位曹公到底是谁?他对高雄到底有何贡献?不然,怎么到处可见"曹公"二字呢?

　　这位曹公就是鼎鼎大名的曹谨。曹谨是河南省河内县人,生于乾隆五十一年(1786),卒于道光二十九年(1849),享年63岁。1837

曹谨绘像　　郑温乾翻摄

曹公旧圳五孔涵现貌　　　　　　　　郑温乾摄

年，曹谨被派往台湾，担任凤山县的知县。到任之初，就遇到凤山县因干旱，使得收成欠佳，盗贼四起，民不聊生。曹谨便四处访察民情，结果发现，此地虽然平原广阔，却没有水利设施，难怪一遇到干旱，就没收成。

卢荣祥会长主持祭典仪式　　郑温乾摄

有一天，他巡视到高雄县九曲堂附近时，见到下淡水溪（今高屏溪）溪水充沛，忽然灵机一动，便派人着手计划修筑灌溉农田的水圳，以便解决百姓干旱饥荒的问题。皇天不负苦心人，这套灌溉系统

曹公圳沉沙池　　郑温乾摄

历时两年终于完工。虽然一开始曾遭到部分乡民反对，但圳沟凿通之后，许多地区都得到灌溉的好处，大家便非常欢迎。不久，兵备道兼提督（台湾最高的行政长官）熊一本前来勘查，对曹谨兴建水利的功劳十分赞许，于是把这一整套水圳命名为"曹公圳"，还刻碑纪念呢！

几年之后，原来的曹公圳水源已不够灌溉，曹谨又集资开筑一圳，叫做"曹公新圳"，而先前开垦的就称为"曹公旧圳"。

由于曹瑾在任内政绩卓著，深受百姓爱戴，后来，在他被调往别处做官时，县民还纷纷赶来为他送行，由于送行的人太多，甚至马路都被堵塞了。

曹公圳造福地方，收谷倍于往昔，民乐厥业，家多盖藏，盗贼不生。地方士绅感念，于咸丰十年(1860)在凤山为曹公立祠，后又将祠改为"曹公庙"，年年举办隆重祭典，迄今不辍。

曹公圳成熟的水稻 郑温乾摄

曹公圳入村落的一段　　　　　　　　郑温乾摄

巨富陈福谦

李孝舜

陈福谦的顺和行是清末台湾最大贸易商行,陈福谦也是台湾巨富,至少是南台湾首富。台湾史专家连雅堂的《台湾通史》将陈福谦列为"货殖列传"中的第一人。

陈福谦祖籍福建漳州同安县集美。一、二世祖名讳失传,三世祖讳惟参,四世祖讳奇,至五世祖讳武,始迁台湾,后裔自称为"武公系"。六世祖讳胤,七世祖讳货,陈福谦是八世。

陈福谦出生于道光十四年(1834)七月二十一日的高雄市凤山苓雅。苓雅人杰地灵,高雄富翁多出于此。陈幼时家贫,曾习刻舟技艺,学得一套本领,积累了资本,便从事卖米生意。

1869年,清政府与英国签订不平等条约,台湾被列为通商口岸之一,与苓雅相望的旗后也开辟为港口,成为台湾南部贸易重镇。南部盛产甘蔗,成为台湾新的出口商品大宗。陈福谦便开设顺和行,经营蔗糖贸易,逐渐成为台湾第一大贸易商。《台湾通史》有云:"福谦既富,拥资百十万。凡中国新设公司,皆认巨股,故其产日殖。"

随着业务的扩大,顺和行在祖国大陆沿海与日本横滨设立了分支机构,陈中和自小在顺和行当学徒,得以走南闯北。

1869年始,陈福谦派陈中和赴福州、厦门、广州、香港等地从事商务,将台湾的赤糖运往华南沿岸出售,而从祖国大陆进口石油、鸦片、杂货等。同时,从事台湾、祖国大陆与日本之间的海上贸易,为顺和行赚钱不少。

在陈中和的建议下,陈福谦将顺和行改组为和兴公司,陈福谦占投资一半的股权。其后,该公司在大阪、神户、九州岛等地设立分支机构,以拓销台湾米糖。

到19世纪80年代末,顺和行已垄断了高雄地区的糖产。据当时台南的英国领事向英国国会呈的报告讲:"打狗区(高雄旧名)有一家华人拥有的顺和行,很有钱,自称可以控制打狗区至少一半的糖产,对另外的一半也有相当程度的操纵。"

1882年5月19日,陈福谦英年早逝,时年49岁,临终遗言:"中和必须重用。"但陈中和因与陈福谦次子陈自然不和而分道扬镳,另起炉灶,陈福谦家族自此而衰。

荣禄大夫陈日翔是陈福谦的长子,曾任清廷驻菲总领事,旋升德、美、秘等国公使大臣,辞职不赴。

石 榴 花

朱仕玠

拗并茸蒲映酒尊,节临重五已开繁。争看如火南风树,那谢屯云西域根。
子绽绿蛇珠颗颗,花垂红鹊羽翻翻。林荫弥望都如许,莱尔浓芳占小园。

春天从高雄出发,春天向我们展示高雄靓丽、绿意、典雅、明媚的画卷。冈峦环绕,林木苍翠,绿水连漪,四季常春,大自然赐予高雄清澈的河川、青翠的山林与天然的港湾。在春天的向导下,让我们尽涤杂念,返璞归真,快乐出游,开始一段知性与感性兼具,充满诗意与罗曼蒂克意味的难忘旅程吧。

感悟

绿色

山水

漳台宗祠传承对接

漳州漳浦石榴攀龙林氏龙山堂

台湾台中林氏忠孝堂

让春天从高雄出发

高 甫

余光中的诗《让春天从高雄出发》写道：

让春天从高雄登陆

让海峡用每一阵潮水

让潮水用每一阵浪花

向长长的堤岸呼喊

太阳回来了,从南回归线

春天回来了,从南中国海

让春天从高雄登陆

这轰动南部的消息

高雄港口的哨船头

郑温乾摄

55

让木棉花的火把

用越野赛跑的速度

一路向北方传达

让春天从高雄出发

高雄有一个梦想，便是成为一个美丽的海洋城市！

高雄拥有美丽的河川、青翠的山林与天然的港湾。

高雄的河川水质清澈、充满生机，两岸的绿地、咖啡座，营造出清新而优质的亲水空间；搭乘游河观光船，穿过河上一座座各具特色的桥梁，直行可达爱河中游的河堤公园，转弯则进入二号运河直达闹区，与沿岸的电影图书馆、历史博物馆、音乐馆、美术馆、下水道博物馆，相连成爱河文化流域。捷运与轻轨电车将串联两岸，形成便利而优雅的水岸生活。

亲水空间不仅沿着河流建构，更在海港旁开展。旗津、哨船头

旗津渡船码头与对岸鼓山码头隔岸相望

郑温乾摄

与西子湾的旖旎风光，连成美
丽的海岸线；崭新的新光码头，
是海上蓝色公路的起点，更将
联结多功能经贸园区全线85米
水岸商业游憩设施，加上百米
休闲园道、都会公园的开发，以
及第五船渠沿岸游憩绿带，形
成完整的港埠水岸游憩腹地。

高雄港、爱河、西子湾、澄
清湖与莲池潭……高雄不但拥
有广大的亲水空间，更是个港
湾、河川与都市合而为一的水
岸城市；充满丰富元素以及无

行驶爱河的爱之船　　　　郑温乾摄

莲池潭可供民众垂钓　　　　郑温乾摄

爱河畔高楼住家 　　　　　　　　　　　　　　　　　　郑温乾摄

限可能,正是高雄释放出的水岸城市的魅力与活力,也是高雄航向全世界的主要动力。

高雄被河流紧紧地深情地拥抱着。

环抱高雄市中心精华区的,是千百年前开始高雄人就依偎着的爱河。每一河段都有着不同的样貌,千姿百态的曲线,总是艺术家们诗句与画作的灵感来源;每一河段都有着不同的牵盼,流泻着城市的故事;河岸绵延数千米的绿带,让闹区得以深呼吸;而下游的亲水星光,更为人们编织河畔的仲夏夜之梦。

爱河记忆烙印在每一位高雄人的心底深处。上一代人的爱河,是与情人泛舟的甜蜜回忆;这一代人的爱河,是元宵灯会的绚烂、午后音乐馆前的琴声与咖啡香,以及两岸博物馆群的知性与充实;而下一代人的爱河,也许是总能肆意奔跑的绿色亲水空间,令人满眼赞叹的亮丽桥段,或是水边相遇的悠游鱼虾,以及在轮渡站等着乘船游爱河的兴奋心情吧!

四季呈现不同的色彩、日夜散发迥异的气质,爱河串联起来的,不仅有高雄的繁华和绿意,更有高雄人的情感与文化。

而清新淳朴的后劲溪,看尽北高雄旧部落的兴衰起落;沿着溪流走来,让人尽情呼吸的都会公园,释放着都市的奔放气息;右昌、后劲等聚落数百年前已然成形,古厝记录着先人在此开垦的轨迹;邻近的三所大学,则为后劲溪注入年轻的活力。

海洋让高雄航向无限的希望。

海洋给予高雄最丰富的宝藏,以及最温柔的依靠。

高雄人是海洋的子民,亲近海洋,是高雄人与生俱来的渴望。

西子湾停车场是看落日的方便地点　　　　　郑温乾摄

　　走在旗津，空气中满布着海水的气味，这样的感受更是深刻。绵延的海岸线勾勒出高雄的轮廓，风车公园迎着海风招手，人们搭着渡轮往返，灯塔百年来兀自在港口守候着辛勤的渔船满载而归。海洋，是高雄最忠实的朋友。

　　而港湾的另一头，哨船头公园里闲适的人们看着船进船出，西子湾的泳客远远地向大船招手，情侣们在海边依偎目送日落，孩子们伫立港口边兴奋地观看着大船从眼前驶过。海洋，是一幕幕幸福的段落。

　　若想全家体验另一种亲近海洋的方式，就请到新光码头，乘着渡轮出航，沿着海上蓝色公路，用最接近的距离，感受海的温度。海洋，是一种崭新的生活时尚。

　　港边的海鸟翩翩飞翔，高雄人的心，如同海一样宽阔。

高雄港盐埕观光码头　　　　　　　　　　　　　郑温乾摄

高雄港的门户——旗后灯塔　　　　　　　　郑温乾摄

　　大自然不但赐予高雄河川与海洋，更让高雄同时拥有青山。埋藏着古老传说的柴山，怀抱着无数生态宝藏，在西北海岸守护着高雄。寿山位于高雄市西南的鼓山区，旧称麒麟山、埋金山、打狗山或打鼓山，是高雄市临海的屏障，风景绝佳。山上有寿山公园、千光寺、法兴寺、元亨寺、忠烈祠、动物园等观光点。而左营的莲池潭，晨昏的蒙蒙水雾如梦似幻，水莲漂荡若隐若现，一片宁静之间，仿若身处神秘的东方水墨画里。

　　假日午后，孩子们嬉戏在水舞广场中央，情侣们相互依偎在露天咖啡座的阳伞下，年轻人相约在新世代的街道上，年长者漫步在绿色公园，享受生活的宁静。

　　高雄，曾经只是一个无名的小渔村，曾被清朝纳入版图，也曾被异国统治；走过漫漫长路，高雄在每一次的蜕变中崭露新貌，然而历史记忆不曾被磨灭，城墙、庙宇、车站、灯塔……记录着曾经受过的历史风霜、人们的生活野趣，也为每一代高雄人留下共同

高雄

的记忆。

数百年时光缓缓流过，旗津灯塔始终在高雄港口温柔守候，巍峨的旗后天后宫总是带给人们心灵的庇佑，前清英国领事馆仍优雅宁谧地伫立山头，雄镇北门炮台烟硝尽散，当年捍卫疆土的坚定身影，却仍挺拔驻留。

沿着左营旧城的城墙慢慢走，一段又一段古老的故事，在厚实的城垛间娓娓向你诉说；从典雅的孔庙往后走，莲池潭明媚依旧。闲坐池畔啜饮清茶一口，山水画般的景致，伴随着老歌情韵与戏曲袅袅，在茶香中一同温润入喉。

岁月消逝无痕，却谱出一段段新曲，高雄的老建筑散发着独特的生命力：旧时的高雄市役所，成为历史博物馆；退休的信号塔变身为文化园区，高字塔呈现绝无仅有的魅力；旧高雄火车站则成为高雄愿景馆，封存着城市的记忆，也描绘着城市的未来。

高雄港渔人码头　郑温乾摄

暮色苍茫中看着大船航出高雄港　　　　　　　　　　　　　郑温乾摄

　　　高雄港可以说是高雄市的生命,没有高雄港,高雄市也许不会
这么繁荣。高雄港在台湾岛的西南端,和位于台湾岛东北角的基隆
同为台湾的两大商港。高雄港西北侧有寿山掩护,西南侧有一道绵
亘的长沙洲,沙洲西北角的旗津也属高雄市的一部分。港口极狭窄,
仅约 109 米。港澳成长方形,水域 1934 万平方千米。两山对峙,一
水中分,形势优越,景色雄伟。

从寿山看高雄港　郑温乾摄

遥望高雄

崔建楠

　　站在打狗山，遥望高雄，就好像站在历史的岬角上回看今天。

　　那是一个清晨，台湾中部的阳光已经开始热烈起来。攀爬了近百级台阶，到达了打狗山的英国领事馆旧址的木门口。参观的时间还没有到，游客们安静地等待着。而隔壁的妈祖庙却已经是香火缭绕了。

　　"打狗"的名称很怪异，但是通俗好记。和祖国大陆的许多地名一样,名称都是有来历的。据说这里最早是平埔人的居住地,因盛产竹子,得名"TAKAU"(平埔人语,意为竹林),汉语音译为"打狗"。

日本统治台湾初期,日本人认为"打狗"这个地名不雅,就将"打狗"改为了"高雄"(日语"高雄"发音为"taka-o",与"打狗"音相近)。

打狗山有许多名称,寿山最具殖民色彩,是1923年日本天皇游览这里时改的,现在又改为了高雄山,但是老百姓还是称呼其为"打狗山"。由于打狗山在高雄的开发史上扮演着相当重要的角色,因此满山遍野以及附近许多地方,都保留了相当多明清两代的古迹。诸如建于清康熙三十年(1691)的雄镇北门,是高雄市发祥地的门户;已有200多年历史的元亨寺由经元大师自漳州来台创建,是台湾寺庙中最著名的古刹之一;龙泉寺建于清乾隆九年(1744),巍峨壮观,是台湾佛教圣地之一。登上慈寿塔极目远眺,西面则是辽阔的海峡,水天相连,茫茫无边;俯瞰市区,高楼栉比,街道纵横,尽收眼底;还有风景秀丽、浴场宽阔的西子湾海滩等,都

西子湾入口镇守高雄港口的 雄镇北门
炮台入口　　　　　　　　郑温乾摄

雄镇北门历史沿革解说牌　郑温乾摄

是游客游览的胜地。

英国领事馆的院子很小,三面绝壁,西、南、东三面的视线极好。

站在由珊瑚结成的岬角上,西望茫茫海涛的尽头,是福建美丽的山川。虽然家园目不能及,但是那闽山闽水却历历在心。虽

高雄打狗领事馆　　　　　　林建摄

然是短暂的旅游,但是站在宝岛回望家园,体会历史里那千千万

高雄打狗领事馆　　　　　　林建摄

十万吨货柜轮与 85 大楼　　　　　　　郑温乾摄

高雄市因为靠近亚热带,气候本来应该非常热,但由于海洋气候的调剂,所以显得略见温和,每年除了 5~8 月为雨季外,其他的月份,几乎天天都是好天气。台风季节来临时,差不多所有的大小台风都要经过高雄,曾有过一年 30 多次暴风雨的纪录。又因为靠近海滨,渔业发达得最早,17 世纪时,就有人住在这里专门以捕鱼为业。台湾光复后,渔船进入了动力时代,渔业更加发达,渔船近千艘。渔港有援中、鼓山、中洲等三个,其中以鼓山渔港为最完善,有全台湾最大规模的渔市场。

万渡海而来的福建移民的心情,陌生而亲切。

恍惚中,有巨轮由港口徐徐驰出,在海面拉出一道白浪。

细看巨轮驰出的地方,是沙洲旗津。

高雄是一个依港口发展起来的城市。港口地理形势十分优越,利用自然泻湖修建而成。港区的外侧有一条天然沙洲,叫旗津

旗津海水浴场的戏水泳客　　郑温乾摄

岛,它如同一条巨龙蜷卧在台湾海峡的碧波中,成为一道天然的防波堤,为高雄港遮风避浪。旗津岛坝内港阔水深,清波荡漾;坝外则骇浪汹涌,水天相连。地理上,旗津岛为一个带状沙洲岛屿。为了顺应旗津特有的地理特质,高雄人将这里规划为旗津海岸公园。公园长约3千米,以海岸景观为主体。步道贯穿整个公园,依序规划为海水浴场、越野区、自然生态区,具有多方面的观光旅游功能。

由岬角南望,是旗津岛上的旗后山,山上有白色的灯塔,为茂密植物掩映,十分好

天后宫位于高雄市旗津区,已有300多年的历史了,建筑宏伟,古鼎香篆,风致绝佳,香火旺盛,为高雄市唯一的古庙,门联上写道:"天地钟灵,山明水秀;后妃显赫,国泰民安。"

骑自行车从鼓山搭渡轮游旗津　　　　郑温乾摄

鼓山上看高雄港与旗津外海　　　　　　　　　　　　　　　郑温乾摄

看。

　　传说，旗津岛上的旗后山本来是和脚下的打狗山相连的，打狗山上的猕猴都可以到旗后山觅食游玩。有一个海盗叫林道干，因为妄想称帝而兴兵作乱，结果在打狗被官兵围攻无法脱逃，情急之下拿起宝剑一挥，劈开了挡路的打狗山，趁着海水涌入之际，以草席充当船只，逃过了官兵的围剿，旗后山从此就和打狗山分离了。

　　传说里这个姓林的海盗劈开的水道现在就是高雄港进出的关隘。

顺着这个水道向东遥望，高雄在烟雨飘渺之中。

高雄是台湾第二大城市，但是此行没有深入到这个城市之中；东帝士85国际广场是台湾仅次于台北101大楼的第二高楼，此行也无缘登顶一览高雄风光；高雄还有一个极具诱惑力的地方叫爱河，爱河泛舟近似于神话；其实在高雄，最想去的地方是电影博物馆，却因行程匆忙而忽略。

在高雄留下了许多遗憾。从领事馆的红砖拱廊远望高雄，高雄如画屏。

旗后灯塔是俯瞰高雄港的绝佳位置　　　　　　郑温乾摄

爱 之 河

赵钧海

邓丽君的歌曲《爱的使者》中有"你俩就会徜徉爱河里"的句子，很私密地叩问着我，也羞涩着我的心，似传递了一种玄妙的幸福。爱情居然可以像河水一样美丽，爱情居然可以放进宽阔的河里畅游。于是，我们悄悄地议论，台湾人真幸福，他们居然可以随心所欲地在爱河里邀游。那时，我们刚刚把爱情挂在嘴边，并且谈及就会脸红,张洁《爱是不能忘记的》也是最早让我感觉爱情可以走上桌面的第一篇文章。我知道,爱河其实是一条甜滋滋的,充满了朦朦胧胧遐想的意念之河。

然而,当我在高雄寒轩国际大饭店等候房间分配时,却意外地听到一对鬓发斑白的老者问服务员:爱河怎么走?

我怔住了,如被蜂蜇了一般。好熟悉的名字啊——爱河,它居然是现实生活中存在的真实的河。我"砰砰"地心跳着,对高雄有了一丝清雅的敬意。按捺不住激动,放下箱包我就拽着诗人去找爱河。

高雄情侣桥　　　林建摄

爱河畔水岸景色　郑温乾摄

真爱码头　　　　郑温乾摄

爱河之心　　　　郑温乾摄

终于来到了爱河边上。

爱河酷似我们常见的那种人工河。它静静的，在夜晚多彩的灯光照耀下，河水反射着莹莹的光泽，斑斑点点地颤动着，显得华贵而雍容。

待我们走到河边，就有种熟识的感觉，仿佛是在内地某个城市的穿城河边漫步一般。它有橙红色的点点渔火，有河边休闲的坐椅，还有一个个露天咖啡吧台。

我和诗人找了距离水边较近的座

搭乘爱之船游爱河　郑温乾摄

位坐下，然后要了消暑的虞美人霜淇淋。不少台湾人把冰淇淋叫做霜淇淋，这让我们很惬意。

一种悠扬、舒缓的萨克斯管音乐低低地传来，宛若天庭里的乐声。

诗人显得兴奋，说：哇，还有音乐。送冰淇淋的服务小姐就接过话说：这里越夜越美丽，你可以在灯光

爱河夜景

爱河夜景

和音乐中，共享夏夜的轻柔。

诗人于是就更兴奋了：哇，这小姐简直就是诗人，她竟然会说出"越夜越美丽"的句子，太美妙了。

我也沉浸在这光与影变幻、音乐与微风组合出的愉悦之中。悠忽之间，我感觉这萨克斯怀旧的如泣如诉的曲调十分熟悉，就努力回忆着。哈哈，我想起来了，我笑出了声。《永浴爱河》，这是一首萨克斯

名曲。我曾购买过一盘美国著名萨克斯演奏家肯尼·基演奏的专辑，这首《永浴爱河》就在其中。我佩服起这些策划、设计并实施的高雄人，他们很会招揽生意。他们死死抓住"爱河"不放。

眼前有两个硕大的红桃型灯箱闪闪烁烁着，玫瑰红色的灯光惹人喜爱。它们象征着爱情的两颗红心。这就是"真爱码头"的标志。它高悬在栏杆之上，显得温馨而充满意趣。据说，它曾经是爱河出海口处的一个旧码头，叫十二号码头，是近几年才改建的。这个新改建码头取名真爱，是希望真心打造爱河的浪漫气息，表达爱河的真实情愫——情侣能找到真爱，家庭能找到真爱，社会能找到真爱，世界也能找到真爱。

真爱码头的一片开阔地段，还有一对白色风帆，它们在电子闪光灯的照耀下，闪着奶白色的柔光，如一对夜行的白鹤，亭亭玉立着。服务小姐说，这对风帆是真爱码头

爱河夜景

爱河

的灵魂,象征着一对情侣在深情地对视。服务小姐还说:它也象征着高雄与大海在平等地对话。

其实我们已经没有时间深游爱河了。夜,已经深了。漫步爱河的人们开始陆陆续续地离开,只有少数情侣还手拉手低语着或缠绵地拥抱着,旁若无人地接吻。

爱河,一条曾经流过我心头的意念河,如今它实实在在地呈现在我面前,让我始终恍恍惚惚,有一种在梦境中徘徊游离的不真实感。爱河曾经是那样的虚无飘渺又充满遐想。但今天爱河却真切地存在着,而且那样地让我心旌摇荡。

爱河真正让我感动的,还有它沿河而建的诸多艺术场馆。在惬意心情的伴随下,你可以走进那些艺术殿堂观赏艺术,那才别有一番滋味。电影图书馆、音乐馆、美术馆、历史博物馆……它们零零散散地撒落在爱河的周边,呈现出一种艺术港都的氛围,而且设计造型也颇为现代。是的,在充满爱恋意味的河边困乏了,便走进那奇特的电影图书馆观赏一部复古气味浓郁的老电影,或钻进美术馆欣赏水墨油彩甚至钢铁材质创作的艺术飨宴,体味一下河边缱绻的爱情,度过一个柔曼的爱河假日,真的很富有诗意。

　　第二天清晨,我们被安排参观了新光码头。那是一个颇具规模的新码头,它就坐落在85大楼近旁。我对诗人说,其实昨晚我们再往前走一两千米,可能就看到这个码头了。不过,我还是感觉很幸运,夜晚的真爱码头与清晨的新光码头,正巧给我的内心勾勒出一幅高雄既热情悠闲又浪漫时尚的温婉画卷。

　　新光码头有三根硕大的喷水柱,酷像三座大吊塔,而吊塔旁就有巨型缆绳与直刺云霄的桅杆。距离桅杆不远处,有一尊鲜红的城

鼓山与旗津间渡轮班次密集　　　　　　　　　　　郑温乾摄

货柜艺术节　　　　　　　　　　　郑温乾摄

市雕塑，显得异常夺目。它是方形的，歪歪地斜矗在绿地上。在高雄，我多次看到过这种摆放在翠绿草地上或空旷广场上的城市雕塑，宛如巨大的彩色房间，充满了童话色彩。而且它大多是金属材质的，有栗色大手，有黑色防水闸门，还有锈迹斑斑的三角支架。

我问向导，这是什么东西？

向导诡秘地笑笑，然后才说：这就是货柜艺术雕塑，它们点缀了高雄的诸多重要场地与空间，是高雄精神的象征。

离开高雄时，寒轩国际大饭店的值班经理告诉我：在冬季，高雄还办有一个十分著名的地方节日——高雄货柜艺术节，到那时，你将能看到更多的五彩缤纷的货柜。

哦，冬季，在高雄这样的南方，会有什么样的冬季呢？那冬季大约要穿夏装吧？我心里想着，却没敢说出来。

晴山绿绕西子湾

艾雯

西子，多么富于诱惑性的名字！也许是美人终于泛五湖而去，这一代尤物便与水结下了不解缘，不是吗？杭州有西湖，山清水秀，名震全环，而在台湾也有个西子湾，枕山怀海，闻名遐迩，我早就慕名向往了，上一个周末适巧有一个机会去高雄，自然不会忘记去访问这位海滨姑娘。

"威震天南"与"雄镇北门"扼守高雄港南北两岸　　郑温乾摄

伴我们同来的是《新生报》的江先生，暂且充作向导。走出报社，横过一条马路，又穿出那条登山路，便见一泓浅水、一座青山介于路口，山上没有峰岭峻峭，也不见岩石嶙峋，绵绵无尽地只是一片绿，一片茸茸的青翠，宛似一道绿色的长堤。就在这长堤中间，凿开了一座幽邃的大隧道，从炎热的阳光下走进去，顿觉廖寂苍暗，清凉沁人。隧道很宽，虽然在顶端安了一排电灯，却仍是黑沉沉、阴森森，陡然使人想起侦探小说中神秘恐怖的场面。

一声长啸，四面便哄然回音，绕缭不绝。走了约莫七八分钟，右面突然冲出一幢石屏，隧道顿时狭了一半。绕过石屏，便是出口了。原来石屏是故意用来遮断洞口的光线，使隧道显得更神秘幽邃。设计的巧妙，不能不令人赞佩！

走出洞口，一片金光翠色迎面扑来，一边是峭壁屹立，一边是绿场蜿蜒，中间小径曲折，垂杨披拂，绿丛中楼榭隐约，如在图画中。正当左顾右盼，美景不胜收，乍抬头，却见一片蔚蓝赫然横贯在面前，清淡的是天，黯苍的便是海。山从右边弯弯地伸延出去，把海湾从狂猖不羁的后海隔开，半拥在怀里。左边便是使高雄成为宝岛咽喉的寿山和旗山，巍然如雄狮卧龙，相对踞峙。海在山的围绕中，看来是那么平静，那么柔和，微波远远地荡漾过来，才撞击着沙岸，便欣然地溅跃，翻展成一朵朵白莲！沙滩迤逦展延着，

西子湾观海水浴

郭逸人

灼乐高楼六约初，临沂试浴午风徐。绿波皱泛红螺醺，碧海香凝粉黛梳。
几讶芙蓉姿出水，更怜枫叶倩沉鱼。漫将比拟杨妃态，袅娜丰裁带艳舒。

细沙变得软绵绵的，诱使人只想躺下来舒展一下身肢。据说，西子湾最突出之点便是这细沙，比任何海滨的都来得细柔软润。沙滩中更有无数精致的海螺、美丽的贝壳，在灿烂的阳光下，把沙滩缀饰得光艳绝色。

高雄港八景：旗山夕照，埋埔晓鹭，猿峰夜雨，戍楼秋月，江港归帆，鼓湾涛声，苓湖晴岚，江村渔歌。

西子湾落日　　　　　　　　　郑温乾摄

佛教圣地大岗山

黄馨谊

坐落在高雄县阿莲乡的大岗山，由于风景独特，四季如春，气候宜人，颇受游客的喜爱，只要亲身参观、拜访过它的，都能够留下非常深刻的印象。

风景秀丽的大岗山，飘散着艺术、文学的氛围，加上当地特殊的气候和浓浓的人情味，令人仿佛置身人间仙境。其新奇而有特色的自然景观，就像在向大家诉说大自然的鬼斧神工。大岗山著名的生态公园和三角公园，结合了艺术美感与自然的特殊景观，不仅是假日休闲的好去处，也是自然、生态和艺术美妙的结合。充满传奇色彩、融合艺术人文和民间信仰的超峰寺，不但是联系着许多信仰者心灵的"圣地"，背后的"飞瓦传奇"故事，更是为大岗山蒙上了一层神秘的面纱。

提到大岗山，不能不提到这里的特产——龙眼蜂蜜。那香香甜甜、芬芳浓郁的龙眼蜂蜜，每年总能吸引络绎不绝的人前往品尝。参加一年一度的龙眼蜂蜜文化节，只要看见前往参观的人潮，就可以了解它那无人能挡的神奇魅力了。来到大岗山，更不能错过"菩提大道"上农产品的摊贩。不仅可以试吃农产品，摊贩还会毫无保留地热情介绍当地的特色，往往让人沉浸在浓浓的人情味中，久久难以忘怀。

从大岗山峰顶俯瞰平地，一大片遥远无际的田园和蔚蓝的海洋映入眼帘，让人身体轻盈得似一只迎风飞翔的小鸟，顿时忘了烦恼与忧愁，心情就仿佛在高空中随风摇曳，心头舒畅无比的滋味油然而生。自然风景独特的大岗山，除了景观特殊外，自然生态资源也十分丰富，有蝴蝶、蜜蜂、蜘蛛……在大岗山上到处都可以见到它们美妙的身影，像极了一个个可爱、活泼的小天使。大岗山一年四季好花常开，有梅园可在冬春之交探梅作诗；龙眼、木瓜产量最多，全山70%是龙眼树。初春时候当龙眼花盛开，满山遍野金黄色与银白色相间的簇簇花团，在阳光下显得耀眼夺目。由此可见，大岗山就像一个资源丰富而多样的"神秘宝库"呢。

大岗山有许多不同的风貌，就看您是从哪个角度去欣赏它。大岗山所蕴藏的矿产和古老的贝类化石，让人联想到的是一位白发苍苍的老爷爷；大岗山丰富的自然景观及生态，又像一位学识渊博的学者；大岗山特殊的艺术及人文，让人感受到的是一位俏丽年轻的小姐。从各个角度欣赏大岗山的美，都能有不同的体验。

大岗山是佛教圣地，山中有许多古庙和岩洞。龙湖庵（别名田仔湖）、超峰寺、修性庵、莲峰寺、福全堂、净莲堂、光德堂、朝

两三百年前，大岗山亦以出产灵猴著名，漫山遍野，可以听到猴子"吱吱"的叫声，也不时可看到它们在山上树丛中欢乐地跳跃着，为大岗山增添了热闹气息。大岗山上也有一个关于猴子的故事：据说在很久以前，山上庙庵中的出家人善与猴子相处，不加滥捕，因此每当夜深人静，山上老僧坐在庙前石块上，向小徒弟们讲经之时，许多猴子亦悄悄而至，围聚听之，形成一幅美丽的"僧猴听经图"。但不幸的是近百年来，人们至山上滥捕猴子，猴子从此不再与人亲近，甚至于见人生畏，远远地逃避。现在山上的猴子越来越少，今后如何禁止人们捕捉猴子，确保山上的野生动物，该是一项重要的事。

元寺、五齐堂、颜总洞、八音洞、清凉洞、朱颜洞、狮子开嘴等，一一错落山中，红墙缀白，掩映于茂林修竹之间，再围以青山翠谷，风景秀丽极了。有柏油路可直达山上，极为幽雅。山上树木蔚然，乾隆举人凤山王宾有诗咏道："郁郁千寻树，葱葱大小山。影移沧海里，色射碧云间。蒲柳秋雕质，松杉雪老颜。伟列三千界，林罗十九峰。夕阳无限好，照尽远山容。"又诗人张蒲园曾作《重游翠屏岩》："二年前此地曾经，又对观音坐小亭。罗汉无言风拂面，迎人时有数峰青！"

在众多的寺庵中，以龙湖庵规模最大，殿宇建筑华丽而高广，居全山寺庙之冠。沿龙湖庵往上可抵全山最高位置的超峰寺。大岗山的整个寺庙群，以超峰寺为中心，各庙宇或分布于前山，或隐于山后。清乾隆二十八年（1763），台湾知府蒋允焄在此兴建超峰寺，里面供奉观音菩萨，两旁十八罗汉罗列。1931年，增建大雄宝殿，规模宏伟。第二次世界大战时，日本军方以大雄宝殿目标太显著，易遭轰炸为由，强行拆除，变成瓦砾之场。"二战"结束后，信士们又集资重建，于1961年建成，规模不亚于往日旧殿。

在超峰寺前或附近公园等地向西俯瞰，但见沃野平畴，风景如画。由寺旁小径向上登200余级台阶，来到最高处，向东北方可眺望"月世界"的广漠景色。寺附近有莲花塔、父母塔、普通塔三座，并有八音、清凉二洞，将古刹的山色风光，衬托得更加空蒙幽远。

每年观音菩萨生日和妈祖诞辰时，是大岗山最热闹的时候，山上大大小小十多处庙庵，都有远道而来的香客寄宿于此，求取一宿的佛门宁静，亦可观赏四周美景。

柴山森林的故事

杨平育

从渡轮上看柴山　　　　　　　　　郑温乾摄

　　每当有人问起，柴山应该是什么样子？我总是很努力地去遥想，遥想那山下还是湖、沼泽，先民行经山下，摇桨至此，初次发现这片绿海的时代，那时，他们眼中到底看到了什么？

　　打狗，山与海的交会，蓝与绿的组合。美吗？很美啊！翻开打狗历史，却不知山的落脚点到底在哪里。无论谈哪一样，柴山都是附属的。

　　人类文明总是历史着墨的主力，然而，山呢？三四十万年的生命记录在哪里？森林，它们不会呐喊，不会抗议！但是，这场生命更替的攻夺与抢占、谦让与包容，却是在安静缓慢中"沸沸扬扬"地进行。它们相互牵制，也彼此合作。

它们不说话，却不断地用着另一种方式告诉你生命的故事。我们该学着解读，但得用它们的方式。

森林的故事就是森林的成长，一直是在悄然无息中进行。成长的每一个历程总包含着每一个转折与蜕变，也包含着一个地方环境的生存意义与精神意涵。对高雄这个高度开发的都会而言，柴山犹如城市的命脉，它为人类孕育净土，所要求的回馈只有"尊重"、"不干扰"，让山健康成长的基本要求。然而，人类却常常做不到。

从裸露地、次生林到终极林相，柴山目前应属次生林成熟期的阶段。翻开史页，人类文明总伴随着自然资源的利用与开发，更伴随着资源掠夺、灭种的事实。文明不是一个完全正面的意义，人类文明过程的记录中同时写下自然的历史，然而，那段历史也经常伤

柴山自古以来充满着神秘面纱　　郑温乾摄

痕累累。

　　一块低海拔的山坡裸露地，无论是自然崩塌或人为破坏使然，首先生长的是阳性草本植物，如五节芒、咸丰草、藿香蓟等人们称谓的杂草。人人都说杂草无用，这可大错特错。杂草既有情又有义，它让干涸的土地开始储存水分，也改变土壤。接着就是灌木丛，而后爱好阳光的先驱树种便进来了！它们犹如一群阳光少年，生命力十足。在柴山，构树、血桐便是其中翘楚。

　　然而，柴山的历程常常是阳光少年与灌木丛齐头并进，还真是"韧性"到极点！它们在极短的两三年内就能形成茂密的树林。榕属的榕树、棱果榕、咬人狗、恒春厚壳树、粗糠柴等初期林木，也在这当中快速进入。稍后，后驱植物如九芎等也开始出现。当这群

先锋部队的树冠遮住了大部分的阳光后，耐阴树种也就随后报到。然后，这群阳光少年开始慢慢地、有风度地，让出当年打下的天下！而后，细叶馒头果、香楠、小叶朴等开始在下头长成。

热带季风林是木质藤本植物的天下，而此时，林下的附生植物与蔓藤植物也开始出现，三角叶西番莲、风藤、串鼻龙、球兰……占据林下的空间，让层次逐渐复杂，森林的密度加深。柴山属热带季风林，木质藤本特别多，菊花木、猿尾藤、腺果藤、盘龙木等，粗大的木质茎部，蜿蜒盘曲，加深林下的密度。

别忘了灌木丛，山棕、乌柑仔也不少呢！还有，灌丛下原本盘踞的阳性草本也开始消失，取而代之的是耐阴草本植物，如姑婆芋、月桃、细叶麦门冬等。你说，这森林的层次，密不密，精彩不精彩？先锋林改变了土地、环境、温度，林中容易涵养水分，逐渐自然演替、孕育出越来越多样的生态环境。这就是次生林了！

温度、雨量、纬度、地质、雷电、人为干预……都将改变柴山林相与植物的特性。柴山，因人类文明发展缘故，将彻底隔离而成为独立、完整的自然生物岛。因面积广大，生物歧异度增加，也加剧了演替的速度。例如，根据早年研究，这里的一些树种逐渐形成二、三代木在原树干周围连续并生的现象。就我们的观察，恒春厚壳树、狗骨仔、小叶朴等均有此现象。

柴山的终极林相是什么？柴山隆起的年代有三四十万年，这中间应曾经达到其终极林相的阶段。在重建远古柴山样貌前，诸多因素必须同时考虑。

柴　山　　　　　　郑温乾摄

澄清湖上泛轻舟

朱介帆

位于高雄县茑松乡中的澄清湖,是利用旧有的曹公圳为引水道,把下淡水溪的河水,抽取汇集而成的人工湖,再予以过滤净化后,才供应高雄市以工业用水。澄清湖为一理想的天然储水库,高雄市的工业用水及附近的农田灌溉,无不靠它给予。

澄清湖原名大埤湖,因湖中产贝类很多,且这湖又具防洪灌

澄 清 湖　　郑温乾摄

澄清湖入水口　　　　　　郑温乾摄

溉及工业给水的功用，对于民生贡献极大，原名既然觉得不雅，故更名为大贝湖，并建成风景区，从此即有"台湾西湖"之称。湖面110公顷，湖的东西长度为11千米，南北宽度为14千米，湖面海拔约18米，堰堤在东边，轮廓弯曲，分为大贝、小贝，但湖的总称仍叫大贝。大贝都是些新式建筑，富有西方风格；小贝的亭台水榭，则极尽古雅风趣之能事。周围山峦起伏，岚光与水彩交辉，花木扶疏，天然与人工并丽。湖中水深而清，故1964年又改名为澄清湖，以符实际。明徐霖曾有咏西湖诗道："西湖如明镜，诸山如美人。美人照明镜，形影两能真。"用这首诗来为澄清湖传神一番，真是再恰当不过了。

淡妆浓抹总相宜的澄清湖，今日真说得上是鼎鼎大名了。凡是观光台湾的游客，没有不想去游览一遍澄清湖的。到过台湾而没有游过澄清湖，那真是人生一大憾事。这些年来澄清湖越来越美，它的名气越来越大，国际观光客慕名而来的也越来越多。今日的澄清湖，已成为全台名胜之冠，日月潭、太鲁阁也因交通偏远而瞠乎其后了。

现在环湖的公路修成了，四通八达的小径也一一开辟出来。道路均用水泥铺成，绿阴夹道，曲径通幽，可作漫步周游，亦可泛舟湖心,真予游人以无穷的逸致。这么说来,澄清湖确不失为游山玩水者怡情悦性的好去处。故每逢春秋佳日,游客们便大量涌到这儿来探幽问胜,抚石依泉,穿花度柳,有时静坐小憩,偶尔观鱼赏荷,一洗尘世的俗虑,一涤名利的熏染,全心全意地献给大自然的湖光山色。这一来,想流连的就在这儿流连,讲速度的就让他的小轿车在湖堤上来往驰骋一番吧,真是两全其美。

　　诗人犬华先生曾描述道:"澄清湖的特色甚多:湖及其观光区,区域广阔,总面积达340多公顷(包括水域),湖水清澈,波光潋

澄清湖一角　　郑温乾摄

滟,湖岸曲折有致。湖的四周,山峦起伏,富山林之胜。它的风景建设最大特色是:充分表现艺术之美。建设技术虽属于西方,然所追求的,则是古老中国传统的情趣,再加以交通便利,气候温和,四季如春,任何时光皆宜往游。"

澄清湖现分为水源、风景、游憩三大地带。风景游憩区以"三桥"、"六胜"、"八景"著称。"三桥"是指鹊桥、九曲桥(曲桥钓月)、吊桥(富国岛)。"六胜"是指自由亭、丰源阁、百花冈、富国岛、千树林、更上台。"八景"则是指梅陇春晓、曲桥钓月、柳岸观莲、高丘望海、深树鸣禽、湖山佳气、三亭览胜、蓬岛涌金。可惜的是,莲花景观已不复见,八景也变为七景。

除传统的美景外,澄清湖风景区内外也陆续新建多处景点,园区外有湿地公园和高雄县立棒球场,园区内设有泡茶区、烤肉区、划船场、跑马场、淡水水族馆,其中最受注目和欢迎的是澄清湖海洋奇珍公园,展示来自世界各大海洋数百种罕见的海洋动物,为澄清湖风景区增添迷人魅力。

澄清湖风景区观光大门前的广场,经过重新设计规划后,更加凸显水天一色的景观特色,白天与古色古香的观光大片相互辉映,夜晚在灯光衬托下,潺潺流水声轻柔地划过宁静的空,更增添迷人浪漫气息,成为夜间最佳休闲去处。

澄清湖风景区占地面积相当广阔,但建议最好还是安步当车,细细走访每个各具特色的景点。如果自备食物安排一日或两日游,品味澄清湖朝晖夕照,漫步诗情画意的九曲桥,在中兴塔俯瞰湖区全景,或者是观赏荷花清丽脱俗之美,都将留下难忘的美丽回忆。

寿山顶上观沧海

余 华

我曾经看过海,对于海的观感,确也觉得奇特;可当我来到高雄寿山顶上看那浩瀚无边的大海,那样穷奇极巧的变化,自以为是平生的幸运了。

寿山高踞高雄市的西北端,左营港落其北,高雄港落其南,西子湾处其麓,西面临海。去年,我因事登临其上,初看那海空,自北而南,那么遥远,海面平静无波,长空一碧无云,天光澄澈,

从寿山顶上观看高雄港　　郑温乾摄

毫无纤尘;在遥远的边际,给一片蓝色堵住,看不出哪是天,哪是水。渔船三五只或十几只为一组,一组一组参差不齐地分布在远海,看不见船,只看出帆面片片,数也数不清,像许多小风筝放在空际,又像一把黑芝麻撒在空中。大轮船在远方,亦只看见一个小黑点。那样悠闲的海空,还有白鸥或海燕,三五成群,上下飞翔,格外添了淡逸的情调。

其次,穷目南方,那遥远的琉球屿——原名小琉球,像一条灰色大蚯蚓躺在海面,等到阳光出来,可以看清那上面像白线一段

的防波堤。它的东南方,可以看到有鹅头大的鹅銮鼻,那上面的大灯塔,要用50倍的望远镜看,像根灯草。海水老是浸在灰鹅的嘴巴,静悄悄地没有动。由此收近视线,就到凤山,那一座横屏似的大山,披着美丽的黛色,下面便是如锦似绣的绿野。东麓云烟氤氲的远山,都可尽收眼底。

再近,就是高雄港了。港中船只约有百数,看起来像博物馆陈列的轮船标本,或靠岸壁,或系浮标,浮标像个荸荠。港口束着旗鼓二山,那上面的灯台、房屋、树木,亦很渺小,用望远镜看,一览无遗。山的前面,有像方带的防波堤两道,南堤长800米,北堤长230米,正和海潮热吻着,而永不休止地卷起一层一层雪白的浪

高雄港外的黄金海面与大船剪影　　　　　　郑温乾摄

寿 山 观 海

赖雨若

振衣绝顶兴悠哉,帆影波光眼底来。偶听猿声喧洞窟,忽看蜃气幻楼台。
水通鹿耳怀王气,潮接鲲洋忆霸才。西望神州遥隔海,怒涛音带几分哀。

花,煞是好看。

遇到海面掀起一点风浪,防波堤的海潮,便有澎湃的声音可听,浪花也便上了堤,天空的云影,忽明忽暗地映在海上,海水现出淡蓝与深绿的颜色,那如叶似茎的扁舟漂流着。风大了,海面便滚起排山倒海的汹涌的狂涛巨浪,天空罩上险恶可怕的乌云,大轮船也得抛锚,小轮和渔船当然得躲进港里。防波堤的浪花,激起三四米高,潮音轰轰如雷,外加虎啸一般"呜呜"的风声,听了令人惊心动魄。一阵阵的银涛雪浪,正像千军万马盛装银甲在那儿扑杀魔群一般,那该是多么雄壮!

下面的海空,更是气象万千。在霏霏细雨的时候,虽无怒潮,却泛轻浪,雨大了,就阴风怒号,浊浪排空,天和海,混沌一片,分不开了。雨敛了,风也平,浪也静,水平线特别显明,那一片清光,万顷碧玉,无限明媚,远近山色,也都变为青翠新丽,真是妙不可言,好看极了!

或是这边晴,那边雨,而上空仍高照着太阳。那雨脚掩住了阳光,给左右前后的晴空烘衬起来,看去像一根根淡墨色的其大无比的天柱,突兀在那儿,成了一幕奇特而又伟大的绝景。

海云的变化,更是无穷尽。有时起伏漫延像山坡,有时千丈平铺如长练,有时似重重叠叠的假山,高高低低的楼阁,有时像背脊弯曲的老头儿,牛背吹笛的牧童,有时像举蹄奋驰的骏马,张牙舞爪的猛虎,有时像茫茫戈壁,埃及的金字塔,有时像长袖拖裾的舞女,或是绰约多姿的仙子,形形色色,层出不穷。有时若乱丝,若败絮,有时如穿梭水面的鱼,驰骋草原的羊群,有时像交错的蛛网,排列的鳌头,或花团锦簇的园林,或毛茸茸的狐兔,有时作江海的帆船,有时若仙都的城郭,宫厥又有各种的形态,随时翻新出来。

高雄

从寿山顶上观看大船进港　郑温乾摄

　　而且海空的云霞霓虹,受阳光照射,会现出各种色彩,时时刻刻变化,处处不同。寿山顶上,纵目大观,真有看不胜看的多,又有看不厌看的妙。

　　看倦了云后,再往下看那高雄港口的海边沙滩,常有蚂蚁似的人群,分开两边,在拉渔网。渔船小如蚱蜢,或整齐地摆在滩上,

海岸景色　　　　　　　　　　　　　　　　　　　家娴摄

或三三两两下海。又有几只老鹰,在碧绿的西子湾上空盘旋。

当空晴浪静的时候,那海上落日,又是他处看不到的奇景。那太阳迫近海面,金光闪烁,像一面金镜,又像一个大火球。附近的云霞,受到它的照射,马上烘衬朱红奇彩,又镶起金黄色边缘,放射强烈的光芒,都是眼睛不能久看的。海水,即刻映起红的紫的青的各色锦浪,远处的云光,亦显出灿烂的美色。太阳渐下,此时的云端以及海波山色所有的光景,瞬息万变,要目不转瞬地看着,真有光怪陆离、光彩炫目之大观,我这钝笔是写不尽的。整个太阳下了海,万景也就归去了。

晚上,倘有皓月当空,又是别开境界了。那一寰千万里充满着清辉的渺茫的海宇,真所谓浮光耀银,静影沉璧,像个水晶宫,又像琉璃世界。此时人月双清,万籁俱寂,心与境合,恍惚梦幻,超然出尘了。

或是星月交隐的时候,那又有一景。近处有灯,远方有渔火,又有防波堤和旗山的灯塔,回环辐射,显有辉煌的光明;加以西子湾上楼光林影的掩映,已足绮丽醉人;倘有渔舟夜航,荡起那波光碎影,更为稀奇出色。我有歪诗《高雄港夜眺》一首,现抄在后面,作为充实本文的义趣。诗云:"海舶江轮电炬荧,堤边渔火似流萤。港中夜景何其丽,历历光波万点星。"

夜宿佛光山

周笑虹

　　清凉的微风，闪烁如星的灯光，宁静的夜色中，传来阵阵庄严的钟声，漫步在麻竹园的坡道上，呼吸着甜美的空气，啊！好一个如水之夜。

　　搬来高雄将近十年，不知道去过多少次佛光山，但从未在这里留宿，这一回，赶上连续假期，终于忙里偷闲，在佛光山的"朝山会馆"住了一夜。说是一夜，实际上躺在床上的时间不超过6小时，晚上，舍不得那宁谧的夜，迟迟不肯回房，清晨4点多，山上早课的钟声还未响起，我们已经双手合十，恭立在大雄宝殿之前。

　佛光山山门　郑温乾摄

佛光山大雄宝殿　　　　　　　　　　郑温乾摄

　　佛光山之夜,和它忙乱的白天对照,完全是两个世界。白天到佛光山去,都是抱着游览的心情,每个人都是那么匆匆忙忙的,他们忙着到处拜佛,在朝山会馆里吃素斋,到接引大佛那儿照相,然后又带着"到此一游"的满足心情离去,因此,很难领略佛光山的另一面。人们在红尘中太久,即使面对悠闲而过的僧尼,也无法激荡出倾心的感受。

　　然而,在山上住了一晚,我体会到很多的事,难怪一位同乡乡长,宁愿放弃山下的高薪,到山上来主编一份刊物,他在这里,找到了"与世无争"的真义,这当然是一份清福,得来不易。

　　晚上的佛光山,是超然于物外的。7点钟以后,游客大部分都下山了,小店拉上了店门,朝山会馆、大雄宝殿以及各种大门,也都纷纷关上,不过"不二门"是永远不关闭的,住在山上的人,仍可自由自在地四处散步。也唯有晚上,才会令人感觉出佛光山庄严的一面。

　　星云大师是佛教界的奇人,他在多年前,赤手空拳把高雄县境内的一片麻竹园,辟建成一座宏伟的佛教道场,也成为台湾南部的一处观光胜地。他的气魄之大,令人咋舌。雄踞在大门口的"不二

佛光山接引大佛　郑温乾摄

佛光山不二法门　　　　　　　　　　郑温乾摄

门"，便让人仰之弥高。接引大佛慈祥敦厚，大雄宝殿更是超迈一时。白天，还看不出大雄宝殿的宏伟，晚上，站在殿前的走廊，远远望去，只觉得自己的渺小。星月照耀下的大雄宝殿，好像一座巨大的山，人，好像是山边的小蝼蚁。

我不知道山上有多少僧尼，但此刻无人走动，只有大悲殿那边，轻微的木鱼声伴着微风，吹送到山上每一个角落。大概这正是他们晚课时刻，木鱼声中，间歇递有一声钟响，让人尘俗顿消。

夜越深，雾气渐渐笼罩。从朝山会馆的平台上，遥望不二门前的荷花池，池中的观音佛像，也朦朦胧胧地，似乎要驾祥云而去。回头望望大

宗教圣地佛光山　　　　　　　　　　郑温乾摄

悲殿，则已慢慢地被白雾笼罩。满山的灯，此刻正如云汉星海，而星儿正在眨着眼睛。

没有声息，因为晚课已经结束，即使一滴露水滴在地上，也可以感到轻微的震动。如果不是蚊子的骚扰，真不愿就此回房。

不是有人吵闹，而是这个夜太安静了，没有汽车声，没有在午夜中叫唤"蚵仔面线"的声音，头一靠上枕头，立刻酣然入梦。清晨，自动地睁开眼睛，看看表，才不过4点半，却因为夜来睡得太沉，竟然再也无法入梦。披衣起床，盥洗完毕，推门而出。

一阵扑鼻而来的甜风，使人精神一振，那是早上的清新空气。佛光山上多树、多花，一夜的浸润，排放出来的空气自然是甜的了。光是这种空气，就够人贪

佛光山位于高雄县大树乡东北区，是南台湾佛教中心，有"南台佛都"之称。它以寺庙建筑规模宏伟并有巨型雕塑群而著称，兼之风景秀丽清幽，所以建寺以来，很快即成为佛教圣地。

佛光山最热闹的是每年春节至元宵节期间，全寺一片灯海，大放光明。每年4月8日释迦牟尼诞辰（即浴佛节），来自各地的佛教徒成千上万，为全台罕见之盛会。

婪地多吸它几口，加上昨夜的雾、早晨的露。树上还有露珠滚动，东方才泛出鱼肚白，僧侣们却已列队，鱼贯地进入大雄宝殿、大悲殿，准备他们的早课了。

我和妻怀着虔诚的心，走进大雄宝殿。两排僧侣，齐声梵唱，木鱼和钟有节奏地敲击着，真的是暮鼓晨钟。面对此境，只觉万缘俱寂。仰面看殿上的三尊大佛，在晨光曦微中，岂止"宝相庄严"四字可以形容于万一。很稀奇的是，在面对这三座巨大佛像时，自己

抄经是游佛光山的修心课程　　　　　　　　郑温乾摄

仿佛成了一个婴儿,在慈光的抚慰中,无限安适。于是我们屈膝跪下,虔诚地顶礼膜拜。

　　僧侣们走出大雄宝殿,开始一天的执事了。我们便漫步在麻竹园前侧的山坡上。这里经过匠心的安排,繁花遍地,彩色缤纷,尤其是朝阳初起这一刻,佛光山上一片明净,有的只是"唧唧喳喳"的鸟鸣。山上小鸟不少,它们自由自在地穿林而过,点缀出山上另一番风光。

　　佛光山有太多让人惊奇的事,举一个小小的例子:台湾各地风景区,都免不了垃圾的困扰,佛光山并不例外,那是白天人如潮涌之际,缺乏公德心的人把垃圾随手乱丢,但一到清晨,情况就完全不同了,整座山都已经打扫得干干净净,连一片落叶都找不到。佛光山的范围那么大,服务的人员并不多,真难得他们有那一份耐心。

　　原名麻竹园的佛光山,本来只是一块坡地,还够不上"山"的

条件,但由于所有的建筑物都是依照山坡的高低而构筑,因此,站在山坡下,就有了仰之弥高的感觉。尤其雄伟壮观的大雄宝殿建成以后,清晨的第一缕阳光,首先照射在接引大佛的头上,金光霭霭,让人肃然起敬。然后,阳光斜射上大雄宝殿的屋脊,金黄色的琉璃瓦炫人眼目,而此时,还不到早上7点。

不过,只要太阳一上升,雾气散尽,露水已干,淡淡的水汽遍布在花间、树间,蝴蝶就出现了,它们也起得很早,振翅在花间飞舞,又是一幅美景。

从午夜到清晨,我们两度踏着山上的土地。夜里,我们的感受是肃穆的;清晨,我们的感受是清新的。但不论哪一个时刻,这一份宁静,这一份安详,却是住在都市里的人做梦也享受不到的。

当朝阳高高地升起,第一辆载满游客的游览车已经抵达,于是佛光山的宁静与安详开始消逝。

我很幸运,在山上住了一晚,一个难忘的夜,可惜,我的心灵并未因此净化,因为我仍须返回红尘。

莲 花 潭

林青莲

芹藻清涟乐溯洄,山光水影共徘徊。荷如解语闲舒卷,云似无心自往来。

城阙只应思我往,泮林谁是出群才。眼前活泼无穷趣,认取源头莫漫猜。

岩壑间的清水寺

孔繁定

　　高雄县南边有座石灰岩方山,是由隆起的珊瑚礁石灰岩地质构成,平均海拔高度不到50米,称为凤山丘陵。山麓有伏流泉水从石头中涌出,水量充沛,即使干旱季节也不干涸,灌溉数百亩良田,水质极为清澄,用来泡茶风味绝佳。因此此山被命名为清水

林园乡清水寺

岩。

清水岩东南靠海平原在郑成功时期已有先民前往开垦,称为林园庄,也就是现在的林园乡。登上清水岩放眼太平洋,隐约可见小琉球和恒春大武诸山,林园乡更是尽收眼底。

清水岩风景区由26处景点组成,景色优美秀丽。最主要的景点是清水寺。清水寺建于清朝道光年间,历经多次重修,寺宇古色古香,庄严清静。供奉释迦牟尼佛及观世音菩萨,寺庙的联语都出自名家手笔。

清水岩最有名的景点除清水寺外,还有清水寺后方多处自然天成的洞穴和奇石,以及奇石中伏流涌出的泉水,称为灵泉池。灵泉池相传是传奇人物林半仙为农民乞水灌溉农田的遗迹,寺庙西南方有天然石洞,旧称仙洞,现已改称桃源洞,环境清幽。洞壁有自然天成的龙马形状。循石洞前行,有状如船的石头,高十多米,称为武陵船。地方父老相传,清泉穴中潜有"止风龟",若遇暴风,止风龟出现池中,风暴立即停止。

清水岩风景区还有文龙磐石、伏岫狮子、长寿茄冬、太公垂钓、流芳亭、青蛙戏虎、石台湾模型、中山岗、报恩楼以及考古遗迹唐荣墓园等,每个景点各具特色,呈现不同风味的美景。尤其是长茄冬都是百年以上老树,且具有改善空气质量的功能,因而有"都市之肺"美称。

凤山八景闻名遐迩

杨丽琼

　　文人雅士游山玩水,喜题诗词,一来赞咏述怀,二来表示到此一游,因此写景诗成了风气。清乾隆七年(1744)刘良璧等重修台湾府志,记载的"凤山八景"有:凤岫春雨(今凤山)、龙岩冽泉(今寿

莲池潭远眺龟山　　　　　　　　　　　　　郑温乾摄

夜宿高雄

廖逊我

锁钥南台港一湾,雄都气象百千般。笙歌处处春如海,愁思无端入梦难。

山）、淡溪秋月(今高屏溪)、球屿晓霞(今小琉球)、冈山树色(今大岗山)、泮水荷香(今左营莲池潭)、翠屏夕照(今观音山)、丹渡晴帆(今高雄港)。

上述八景,处身于林园乡就可鉴赏到其中三景:首于春天在

莲池潭风景区著名景点——龙虎塔   郑温乾摄

凤鼻头及清水寺一带可见"凤岫春雨",山明水秀,烟雨朦胧,景色如诗如画,美不胜收;次于秋天在高屏溪双园大桥南北两侧(林园红树林生态区及河滨公园)可赏"淡溪秋月",江枫渔火,明月高悬,仰望夜空灯火,光辉灿烂亮丽夺目;复于清晨在林园海边可眺望"球屿晓霞",见东方天空呈现一片鱼肚白,看朝阳冉冉上升,海上粼粼波光荡漾,朝日浴红海水,天然美色自不在话下。

莲池潭风景区著名景点——春秋阁　　郑温乾摄

凤山八景之泮水荷香　　郑温乾摄

"泮水荷香"是昔日的八景之一,其山光水色,风景绝佳,其畔有春秋阁、孔庙等名胜,现今每逢端阳竞渡皆在此举行。清代南台湾诗人多有咏叹,最著名的有卓梦采的《泮水荷香》:

泮水天然十亩塘,亭亭菡萏映宫墙;月明花下香初袭,雨落潭空藕乍长。

绿叶醉风惊鸟梦,澄波坠粉漾鱼忙;幽芳一点无尘到,况是冰壶夜气凉。

多姿多彩的蝴蝶谷

雨 花

万蝶飞舞、漫天灿黄的奇景可说是"蝴蝶王国"台湾的骄傲。台湾蝴蝶,已经发现的有400多种,其中凤蝶是最高贵的一群,而小灰蝶的种类则最多。木生蝶、阔尾凤蝶、清全小灰蝶、皇娥阴阳蝶、五翅姬淡青斑蝶,都是罕见的品种。台湾每年产蝶2500~4000万只。

台湾有些山谷中,经常聚集着数十万乃至百万只以上的蝴蝶,而且一年四季数百种彩蝶交替出现,蔚为奇观,构成一幅幅美丽的图景,被人们称为"蝴蝶谷"。这种引人入胜的蝴蝶谷,仅高雄、屏东两县就已发现十几处。尤其是春夏之间,每一处蝴蝶谷,千万只蝴蝶漫天飞舞,五彩缤纷,不惧惊扰,驱之不散,令人眼花缭乱。

在高雄县美浓镇景色秀丽的黄蝶翠谷中,栖息着黄蝶、彩蝶达数百万只,人们步入其间,顷刻就会被上下飞舞的蝴蝶团团围住。这个谷里的单位面积产蝶密度高居世界首位。每年,驰名中外的黄蝶翠谷中都会出现三度漫山遍野的黄蝶集会奇观。

万蝶戏水是高雄县六龟红水溪彩蝶谷的特有景色。红水溪彩蝶谷坐落在六龟地区四十六林班,面积将近500公顷。每当夏日雨后,或在旭日初升及夕阳将落之时,红水溪畔就会呈现万蝶戏水飞舞的瑰丽景色。

数百年时光缓缓流过，高雄在每一次蜕变中脱胎换骨，崭露新貌，然而历史记忆不曾被磨灭，岁月消逝无痕却能谱出一段段新曲，传统与现代碰撞，高雄千百年的风俗民情、地缘文化一脉相承，落地生根，却又散发出新的生命力。闲坐湖畔啜饮一口清茶，老歌情韵，戏曲袅袅。皮影戏、油纸伞、宋江阵、打铁街、美食小吃，还有那浓厚的人情味，今天的我们仍然可以幸运地亲自体验与接触，鲜活的地方文化色彩构成了现代都市多元化的社会形态。

品味

地方风情

首届海峡论坛期间展出的涉台明清族谱

高雄，台湾皮影戏的发祥地

张万亿

高雄县皮影戏馆 　　　　　　　　郑温乾摄

"皮影戏"又称"皮猴戏"、"皮戏"，是我国早期著名的地方戏剧之一。

依据《高雄县志》记载，皮影戏起源甚早。据云，当初因汉武帝思念逝去的李夫人，召人刻李夫人影像隔布观之，以慰深情。故皮影戏与古老的招魂仪式有关。唐代以来日渐兴盛，宋代成戏剧形式，元代时遍及全国。明末清初，潮州皮影戏东渡台湾高屏地区，成为民间重要戏剧。后来受到日本人的压抑曾沉寂一时，至光复后始再风行全台。

皮影戏，顾名思义，即以兽皮剪裁制成剧中主要人物后，涂上鲜艳色彩，然后再利用五颜六色的灯光投射其影，以为演出。其主要特色是皮偶在艺师灵活操控下，动作干净利落，栩栩如生，再配合二胡、唢呐、响板、钹、响钟、梆子、单皮鼓、小锣、南锣等传统乐器伴奏，显得热闹异常。

据皮影戏业者说，他们通常一天只演出两场，即下午及晚上各一场。至于演出内容，大都选择民众耳熟能详的历史故事居多，例如《西游记》、《三国志》、《狄青传》、《五虎平西》、《七侠五义》、《封神演义》等等。演出费用，每场大约在2万台币左右。

其实皮影戏也曾有过风光的一页，尤其在农业社会时代，皮影戏就曾和歌仔戏、布袋戏鼎足而三，成为民间迎神赛会不可或缺且最受欢迎的主要戏剧。但到了20世纪50年代，电影、电视、歌舞秀场等异军突起，皮影戏团也就一蹶不振了。

根据一项调查统计，现在台湾硕果仅存的皮影戏团，只有永兴乐、复兴阁、合兴、东华、福德5个团，且都集中在高雄县。除了这5个团平常仍在公演外，其他的戏团不是歇业，就是早已解散了。

弥陀是台湾皮影戏的重镇，有"皮影戏窟"之称。据传，300多年前，阿万师随着郑成功的军队来到台湾，最后定居在弥陀乡，把皮影戏的表演艺术传给了5个弟子，从此台湾便有了皮影戏。我们虽然不能确定这个传说的真实性，但以近百年来的情况来说，弥陀乡在台湾皮影戏的发展史上，占着举足轻重的地位。以地缘关系看，弥陀与冈山、路竹两地连成一个区块。根据老艺人回忆，清末及民国初期时皮影戏团有数百团之多，但只限于台湾南部的台南、高雄及屏东地区，中部及北部非常少见，这可能与移民的聚居有关。

今天,弥陀的皮影戏团仅剩复兴阁和永兴乐两个团。但这两个戏团继续维持了弥陀皮影重镇的地位。弥陀乡里的中小学,在乡土教育的推广下,学生或多或少都能熟悉皮影戏的表演技艺,还成立了纸影戏团。他们在皮影戏大师许福助、张岁等人协助下,很努力地在做推广的工作,只希望这曾经代表弥陀乡的艺术特色,能有继续传承的一条路。

复兴阁的前身新兴皮影戏团由张命首首创,至于确切的草创时期则无法考证。早期新兴皮影戏团是以家族为班底,当时唯一的外人只有打杂的学徒许福能。1955年,张命首将女儿张月倩嫁给徒弟许福能,并于1957年将戏团传给许福能,改名为复兴阁,并以此名申请牌照。张命首仍担任导演一职,剧团的成员组织已从张家班底渐渐演变为以许家为班底的主力。张命首去世后,复兴阁几乎成为许家班的戏团。

永兴乐皮影戏团历史悠久,但正式申请牌照却迟至1978年。

事实上演皮影戏是张家祖传的技艺,从张岁的祖父张利(1870~1940)、父亲张晚(1892~1968)传继下来,在还未领有牌照之前就曾风光一时。由永兴乐张氏族谱,可以得知许福能的师父兼岳父张命首,与张晚是同宗堂兄弟。所以可说,目前弥陀乡的两大皮影戏团有深厚的姻亲关系。

鉴于皮影戏日暮途穷,甚至有断层失传之虞,而高雄县是台湾皮影戏的发祥地,也是台湾皮影戏的最后根据地,1994年,高雄成立了具有特色的皮影戏馆。目前馆内配置有主题馆、专题馆(特展区)、资料室、剧场、传习教室等,让民众在参观之余,身历其境,收到寓教于乐的效果,同时也为后代子孙留下弥足珍贵的史料,完成皮影戏延续薪火的使命。

罗汉内门,艺阵之乡

关 岳

高雄县内门乡拥有完整的民俗艺阵,尤其是宋江阵更是远近驰名,每年举办的宋江阵系列活动,被列为台湾12大节庆活动之一以及台湾大型节庆旗舰活动,且已在美国、新加坡和韩国打响国际知名度,每年观音佛祖诞辰日都吸引来自全省各地的游客涌进内门紫竹寺,看宋江阵表演,吃宋江大菜,体验独特的内门宋江

内门宋江阵舞林盟主年度大赛　　　　　　　　　　郑温乾摄

铭传大学宋江阵阵容   郑温乾摄

文化,热闹非凡且深具内涵。

　　宋江阵的阵势,相传是出自著名章回小说《水浒传》宋江攻城
所用的武阵,36天罡星、72地煞星共108名英雄好汉组成的阵势,
由手持令旗的人在中心指挥,又用鸣锣打鼓助长声势,指挥队员
进退及队伍形成,攻城略地,无往不利。

　　明朝抗倭名将戚继光运用宋江阵在军队中练兵,军队不但武
艺高强且纪律严明,令倭寇闻风丧胆,号称"戚家军"。明末清初,
福建沿海漳州、泉州一带居民仍普遍流传练武强身的风气,但清
廷害怕这股力量转为反清复明势力而有所顾忌,下令禁止民间聚
众练武。为保存宋江阵技艺,不得不改换面目,以岁时节目舞龙舞
狮以为娱乐,实际上仍暗中练武。来自漳州和泉州的移民,也将宋
江阵传入台湾,通常附着于寺庙,成为神佛驾前表演的艺阵,农闲
时练拳健身、保卫乡里,迎神赛会时可以出阵护神,驱邪保平安,

团结乡里,彰显武功。

内门乡旧称罗汉内门,至今仍拥有40个阵头,艺阵文化发展兴盛,密度之高在台湾首屈一指,被誉为台湾艺阵之乡,其中宋江阵有20队之多,历经140多年的传承,至今仍经常组织练习。每年农历年过后一直到佛祖诞辰日,全乡自发性总动员,各阵头连续一个月密集团练。成员身份不一,但只要到团练时间,便主动放下工作参加练习。

内门乡宋江阵兴盛,一方面是源自明郑时期军事训练传承而来的尚武精神,一方面则是村民团结抵御外来土匪洗劫的遗风,发展成为极具特色的团结强身、捍卫家园的艺阵,也使得内门乡被称为侠客之乡。

宋江阵大赛队伍   郑温乾摄

内门乡阵头文化成为全台独一无二的特色，2001年被列为台湾12大节庆活动之一，而在2005年又核定为台湾地区大型节庆旗舰活动，高雄也于同年开始举办

宋江阵道具　　　　　　　郑温乾摄

台湾"大专院校创意阵头比赛"，让参与的层面扩大并进入大学校园，将传统宋江阵转型为校园学子所喜爱，希望由此将年轻人的想法与创意，注入历史悠久的艺术中，将发源在台湾内门的宋江武术概念，传播至世界各地。

　　内门宋江阵表演团体已与国际舞台接轨，自2003年参加"美国花车游行"及"新加坡新春妆艺踩街游行活动"以来深获好评，打响国际知名度，并获韩国江陵市艺术文化团体邀请至韩国表演，发扬宋江阵传统文化。

荷钱

钱登选

片片荷叶贴水云，依稀数得又缤纷。漫云铜臭输人笑，可有芳情扑鼻闻？

世上蝇头休弄巧，水中蚨影自成群。沙鸥最是忘机侣，惯看何曾取一文。

打铁街炽热如火

施启圣

　　凤山市打铁街位于东便门附近，是一条约30米长的巷道，也是唐山移民从高雄前镇搭乘小帆船，沿着凤山溪上溯到凤山城上岸后的必经之地。移民开垦最需要的是各种垦殖工具，为省去渡

新建凤山城东福桥　　　　　　　　　　　　　郑温乾摄

海长途搬运笨重工具的不便和麻烦，最方便省事的方法是在上岸后，直接在码头采购，因此各式各样的手工具业应运而生，东便门也迅速成为凤山市的手工具业重镇。

打铁街位于凤山市中心三民路44巷，只要询问附近的店家，轻而易举即可到达，展开怀旧之旅。

打铁街邻近被列为台湾三级古迹的东便门。走访充满古早味的打铁街，敬佩老师傅坚持专业和传统的精神之外，顺道走进见证先民开垦足迹的东便门，更加仿如走进时光隧道，思古幽情油然而生，留下更加难忘的知性之旅。

打铁店的特色之一是火花四溅，比邻的木器店、棉被店和蓑衣

店担心受到波及,陆陆续续搬走,打铁店则一直留在原地,逐渐形成独具特色的打铁街,主要产品有刀、镰、锄、钩等农具,全部都以手工打造。

在工业冶金技术发达前的农业时代,打铁是相当赚钱的行业,人潮旺盛,生意滚滚,且历经数代而不衰。由凤山县城前往城外农耕,必经打铁街顺便购买生产器具,打铁街的生意益加兴隆,靠打铁维生者愈来愈多,街道两旁并立十多家打铁店,呈现两步一街的盛况,打铁街之名不胫而走。

随着工业化大量制造的五金产品问世,逐渐取代传统以人力打造的铁器,打铁街的生意逐渐萎缩,目前只剩下5家苦撑,继续提供老主顾的需求。往日出入东便门的繁华人潮渐渐散去,加上附近道路拓宽,拆除不少老旧房屋后,打铁街更显得没落与萧条。

打铁是相当耗费体力的工作。打铁师傅每天打着赤膊,一手拿铁锤,一手箝夹铁块,将从鼓风炉锻造的炙红铁块,在铁砧上一下一下敲打成各种形状的器具。打铁声音"叮叮当当"铿锵不绝,打铁师傅全身汗流浃背,这一场景逐渐成为历史镜头。

打铁不仅靠体力,更需要技巧。虽然在科技文明下,机械代替人工已成定局,没落的趋势再也难以挽回,但打铁火候的诀窍和敲打的细腻技巧,都不是机械所能够完全取代的,它只能益加令人兴起"夕阳无限好,只是近黄昏"的感叹。

美浓伞缘传千里

方　生

台湾的纸伞继承南方一派——广东潮州伞，不但实用，而且是上好的竹制手工艺品。目前台湾制作油纸伞的地方主要在屏东高树乡、高雄美浓镇、南投竹山镇三地，其中以高雄"美浓广荣兴造"的油纸伞，更代表着民俗文化的延续。

油纸伞的制作，完全是用手工。细长的伞骨，都是用从台中运来的"孟宗竹"经浸水后削成，竹身硬而富有弹性，本身具有的糖分都已去除，不会惹虫遭蛀。再经过钻孔、穿线，一顶圆形的纸伞骨架就此成型。接下来将成扇形的棉纸，用棉籽油一片片黏在骨架上，曝晒之后，就可以涂上防水桐油。上过桐油的纸伞,不仅有防水的功能,可增加棉纸的韧性,更使原本单调粗俗的棉纸变得亮丽透明。

过去油纸伞的伞面色彩单调,缺乏变化,而如今,制伞业者先将棉纸印上各种图案,或是深具禅味的罗汉,或是美丽的国画山水等,使得油纸伞的世界,变得色彩斑斓,美不胜收。

手工制的油纸伞,不必担心折拢之后伞面会起皱纹,而折拢的油纸伞,虽将伞面的图案暂时收起,其本身却有一种含蓄的美。

在美浓及其他地方,凡是在制作油纸伞的师傅家里,都供奉着"巧圣先师"的牌位,传说是春秋时鲁班(一说是鲁班的妻子,又一说是古代一位王侯的夫人)发明制作了油纸伞。"巧圣先师"的牌位旁边有一副对联,上联是"一竿树立拓天空",下联是"片片弥缝遮雨露"。其实油纸伞不仅可以"遮雨露",而且已成为一种精美的工艺品了。

在台湾,制作油纸伞的师傅多是客家人。据说油纸伞除了实用

　　油纸伞制作过程有72项繁复手续,特选竹山的孟宗竹、浦里的棉纸,再加上内外层各涂上3层桐油,不但防阳挡雨,还很耐用。油纸伞制作过程的主要步骤是:1.串骨:将泡过水的孟宗竹刨青后削成长、短骨,再串成骨架,将桂竹伞柄插入骨架中固定。2.绕边线:将伞骨尾端以棉线固定,然后棉线以平均间隔绕行伞骨,取五福临门或六六大顺之吉祥意,绕行5或6圈,让伞更坚固。3.裱伞面:于伞骨上刷一层白胶,再将棉纸浮贴在伞架上。贴得平顺与否会影响上桐油后美观,也考验着技术。4.画图案:画图赋予伞生命力,下笔不容丝毫差错与迟疑,需相当功力。最难下笔的是面部表情细腻的仕女图。

价值外，也是客家人风俗中具有象征意义的物品。在客家习俗里，嫁女儿时需备两把伞做嫁妆，有"早生贵子"的含义，而且"伞"字是一个伞形撑着四个人，又可代表"多子多孙"之意；男子16岁的成年礼上，父母也要送他一对纸伞，因"纸"与"子"同音，送给儿子表示他已成年了。此外，纸伞张开后呈圆形，有"圆满"的吉祥寓意，赠送纸伞，代表父母对子女深深的祝福。在宗教仪式和庆典游行中，纸伞也是主要角色，因"伞"与"闪"同音，妖魔鬼怪见伞即闪，百姓便能趋吉避凶，永保平安。

泮水荷香

柳学鹏

绿荷生曲沼，出水远闻香。

外直无枝节，中通自秘藏。

风过薰碧岸，雨滴碎银塘。

味带清泉回，流随玉液芳。

屏山澄翠影，泮壁映余光。

寄语涉江者，田田莫滥觞。

原乡缘纸伞文化村是美浓从事油纸伞创作的重镇之一，致力于改良油纸伞的艺术层面，将油纸伞由庶民用品提升为可登大雅之堂的艺术品，赋予其现代使命，达到"原乡传情义，伞缘传千里"的客家传统精神。

一把典雅的油纸伞在手，不仅享有艺术的精品，更可激发起思古之幽情。到台湾旅游，可别忘了买一把油纸伞作为纪念品。

金蕉的传奇故事

吴瑞言

或许您不曾去过旗山镇，但您不能不知道它有"香蕉王国"的美誉。早年旗山以种植香蕉闻名，很多旗山人因种植香蕉而致富，带来旗山经济繁荣。看到香蕉，就会让人联想到旗山，旗山之名因而远播。

旗山镇位于楠梓仙溪溪谷中，由于溪水清澈，气候温暖，因此成为全台湾最佳的香蕉生产地区。旗山的高质量香蕉外销日本，虽然在数量上比不上菲律宾的，但是质量却更胜一筹。旗山所盛产的香蕉和集集的香蕉不太一样。旗山所产的香蕉外形较为细长，俗称为田蕉；集集的香蕉较为饱满，体积较大。

旗山香蕉的全盛时期，是1961~1971年，当时1公斤香蕉约六七元台币，割一串香蕉可卖一两百元。那时候蕉农到茶室喝杯茶

仅需花费5元。当时酒家、茶室的女侍者,只要见到穿着沾满蕉汁衣服的客人,无不奉为上宾,招待更是无微不至,而衣物干净者,就只有坐冷板凳的份了, 由此可知蕉农在人们心目中的"地位"了。那时,台湾的香蕉占日本香蕉市场的80%以上,香蕉的出口值占外销的1/8。旗山农会与信用合作社的存款数,曾居台湾第一。那段风光的日子, 满园的黄澄澄香蕉, 就像是满山的金矿一样。

一位当年承办香蕉产销的官员回忆,当年蕉农一年的收入是20万元台币,比起他一个月工资收入仅有500元台币左右,一年收入顶多不过是6000元台币,可以想见当年蕉农收入有多风光。

据蕉农回忆,当时蕉价好,6株香蕉的收成,就够做一套上等英国进口西装,比起现在种100株也换不到,简直是天壤之别。

在20世纪五六十年代台湾物资奇缺。那个年代,香蕉销日赚取丰厚的收入,立即在全台掀起种植香蕉的狂热风潮。台湾省青果运销合作社企划部经理傅庆隆就说, 那时只要有一丁点地,全部辟为香蕉园。于是,蕉园从前庭种到后院,丝毫不浪费土地。香蕉收成,不仅蕉农乐,货车司机、摊贩、酒家也共同分享收成的喜悦。旗山是全台最大的香蕉集散地,旗山香蕉必须运到高雄港码头。因此,每届香蕉收成时,旗山通往高雄码头的道路,顿时成了全台最繁忙的道路。

载香蕉的货车司机,漏夜忙着将一篓篓香蕉,搬上货车,运往高雄港码头,等着送往日本。原本僻静的道路,在货车不断往返穿梭下,宛如繁忙都会的大马路。而为了争取装船时机,以让更多香蕉可以及时完成装船检验,货车司机一路从旗山按着喇叭呼啸而过,尖锐的喇叭声,深夜中尽管显得刺耳,但当时警察也生怕延误香蕉装船出货时机,不敢加以阻挠。

货柜艺术节　　　　　　　　　　　　　郑温乾摄

　　不仅种香蕉的蕉农风光，连装运香蕉的包装也相当高级。
1969年当全台湾的人都还用不起卫生纸，只能以草纸替代的时
代，外销日本的香蕉，早已将原本的竹篓包装改为纸箱包装了。

　　今日旗山香蕉业虽不如往昔，但农业种植仍以香蕉为主。随
处可见的绿油油的香蕉园，依旧是旗山的一大特色。

粄条街忆古早味

罗万富

　　粄条街位于高雄美浓镇美兴街中山路附近,聚集了很多的客家粄条小吃店。

　　美浓客家美食粄条简单与朴素的吸引力让大家趋之若鹜。粄条的特点在于形状特别宽,很像面帕(手巾),所以又被叫做"面帕粄"。粄条的做法及用料颇为严谨,所用的米至少存放半年以上,等米中的油脂较少之后才使用,这样才不至于造成质地太软的现

象。详细的制作过程是:前一夜,预先将米泡水,清晨起来再将米磨成浆,加入番薯粉打匀。先在模板上涂少许花生油,再倒入米浆。放入大蒸锅蒸一分钟,即成固体状。一片片折好挂在架子上风干,像极了一张张的面帕。一片片对切,再送进机器切成条状。尔后可煮可炒,口感各有千秋,不论是干拌油葱、卤猪脚原汁,或者淋上高汤加上肉片,并搭配豆芽菜、韭菜,都有种令人怀念的古早风味,令人垂涎欲滴。

游客如果想亲自体会,可以赶个大清早参观老师傅制作粄条过程,从米浆到粄条成品,每一步骤都让游客近距离欣赏,亲身体验"谁知盘中餐,粒粒皆辛苦"的滋味,尝起粄条也别有另一番风味在心头。

除传统风味的粄条外,也有业者推出创新的粄条寿司,将小黄瓜、萝卜等生菜,加上肉松还有客家笋干,铺陈在面帕粄上,再将其卷起,切成适当宽度,就成了最新吃法"粄条寿司"。粄条寿司融合了新鲜粄条的香Q嚼劲以及新鲜生菜的口感,特别是客家笋干的香味,让游客们食指大动。

粄条街远近驰名,无论搭车或自行开车到达美浓,在路上随便询问路人,都可轻易到达。大快朵颐,饱尝美味后,以一天时间顺道游览美浓丰富的人文与自然景观,是知性与感性兼具的快乐旅程。

冈山绵延见羊群

曹　翔

　　说到冈山，许多人脑海中马上浮现滋味鲜美的羊肉，业者也不断挖空心思，推陈出新许多具有创意的羊肉料理，使得即便是最挑剔的老饕也赞不绝口。冈山羊肉品牌可说是家喻户晓，吸引来自各地的民众携家眷到冈山享受羊肉佳肴美味，鲜嫩的羊肉沾上冈山三大名产之一的辣豆瓣酱，更是令人口齿留香，回味无穷，再尝尝冈山特产的蜂蜜、枣子和番石榴，顺道到邻近的著名景点走走，身心同时获得满足，快乐的感觉，连神仙也难挡。

　　冈山镇东邻燕巢、田寮两乡，北与阿莲乡接壤，东北角更和大、小岗山两山接连，境内腹地相当大，由于早期先民有养羊的习性，田寮等地羊只买卖也颇多，冈山因地利之便，成为羊肉集散地，是冈山羊肉远近驰名的基础。

　　正统的冈山羊肉所用的羊肉系以土产阉过的肥壮公羊，经屠宰、清洁处理、冷冻，再用机器切成片状。由于这些公羊都是放牧在山坡野地上，而且只吃草，不吃饲料，也不打预防针，肉质自然鲜美又富弹性，且羊肉属凉补而非热补，无论夏天、冬天皆可食用，不燥不烈而且有清血的功效。

　　冈山镇的羊肉店共有70多家，主要分布在中山公园、冈山路、新省道及仁寿路一带，每家餐厅都各有特色，师傅烹调手艺经验丰富老道，各自端出正字标记的羊肉料理，呈现各式各样创意，令人食指大动，家家生意鼎盛，门庭若市。

冈山羊肉最出名的有沙茶羊肉、葱爆羊肉、苦瓜羊肉、凉拌羊肚、当归羊肉炉、现烤羊排、菠萝羊肉、清炖羊肉汤、当归羊肉、羊肉米粉等，都是汤鲜味美的好料理，搭配冈山的另一项特产辣豆瓣酱，更能显其风味。

除传统的羊肉料理外，以多种中药熬煮，再加上一点姜丝的汤头，尤其令人垂涎三尺，连不爱喝汤的人，也一定都喝光光。业者为迎合现代人多变口味而自创的新菜色，包括醉羊蹄、水晶羊羹、铁板羊肉、川七炒羊肉、原汁带皮羊肉炉等，道道都是令人回味无穷的好料理。

冈山镇还举办极具特色的冈山羊肉文化节，推出冈山羊肉筵席，是大啖冈山羊肉最好的时机。

冈山风味特产相当多，最出名的是搭配各式中式料理的最佳选择辣豆瓣酱，不但辣得够劲，而且有一股浓厚的腌豆香；各类蜂蜜中属于上品的龙眼花蜜，品味醇美且清凉去火；公园的猪脚面线口味迷人；三商百货附近的刀削冰清凉甘美；中街入口的青草茶是退火的圣品；枣子和番石榴不但果实饱满硕大，而且外表鲜艳欲滴，吃起来更是香甜可口，和燕巢的番石榴齐名，都是到冈山品尝羊肉时不宜空手而返的最佳选择。

冈 山 树 色

觉罗四明

石秀冈峰木向荣，猱升鹭宿有余清。日临古干苍虬象，风拂新条佩玉声。

忆我也曾拖小屐，阿谁尝复识姝名。海航遥指葱茏处，绝胜王维画里行。

茄萣乌鱼大港

黎万丰

乌鱼是南台湾辛苦渔民们的好朋友，渔民都说："乌鱼是讨海人的恩情人。"它们每年都会固定相约来见面，好像言而有信一般，所以又叫做"信鱼"。

而茄萣沿海由于海底地形的变化，乌鱼群又特别集结，台

高雄港夜景　　　　　　　　施沛琳摄

湾捕乌最高纪录就是由茄萣兴达港所保持的，兴达渔港为台湾西南海岸近海渔船的主要作业基地，尤其每年冬季乌鱼汛期，全台捕乌渔船大量聚集，更使本港成为主要乌鱼交易中心。

当海峡东北季风渐强，冬至前后二三十天，平缓的渔村生活步调，开始渗入紧张兴奋的情绪。12月乌鱼汛期来到，北方成群乌鱼南下避寒、产卵，沿着台湾西部沿岸往南游，临近茄萣海域时正是鱼肥卵多的时刻。此时茄萣人谈的、忙的、挂念的都是乌鱼，街道上曝晒的也是澄黄耀眼的乌鱼子，可以说此时是渔民们的"黄

金季节"。

　　乌鱼季,鼓噪着讨海人天生的挑战性格。乡内颇具规模的兴达港口,一下子涌进许多其他渔业乡镇前来试手气的"靠港船"。乡内还举办"冬至到、乌鱼跳"的产业文化活动,吸引游客前来参观,品尝美味乌鱼子,分享丰收的喜悦。

　　兴达港住民自古以来多靠捕鱼为生,渔业捕鱼方面,一年四季有不同的方法捕捞不同的鱼类,其中又以捕乌鱼为最传统的代表性产业。以前以"乌藏"捕乌,现在已改用刺网,在农历的冬至前后十天出海围捕乌鱼。

　　兴达港渔船渔获种类繁多,目前也已成为南台湾观光客最多的渔港之一,每逢假日更挤满搭游览车前来逛渔市的游客,丰富的渔业资源加上悠久的宗教文化和浓厚的人文风情,茄萣发展潜力雄厚。目前茄萣提出"再造兴达港"的计划,向观光休憩码头的多功能目标发展,将蓝色海洋公路延伸至兴达港,发展游艇业、海钓业。茄萣乡成为观光渔乡的愿景十分亮眼。

　　乌鱼是一种洄游性的鱼类,分布在全世界温和热带水域。在乌鱼汛期,不仅台湾的渔民出海打捞,连福建、广东的沿海渔民都纷纷驾船集结前来捞捕乌鱼。每年冬至前后是乌鱼产卵的季节,产卵期的乌鱼对海水的温度及盐度特别敏感。当冬季一来临,随着气温及水温的下降,西北太平洋的乌鱼群会结队南下,寻找适宜产卵的海域。故初冬时节,东北季风起,此时乌鱼大致集结在台湾北面黑潮主、支流的会流处,12月上旬,已南下至新竹、苗栗一带沿海,中旬则集结于嘉义以南沿海,下旬则移至高雄沿海一带。

甲仙美味芋头

卞凤翔

芋仔冰、芋酥、芋粿、芋麻糬，甲仙和芋头怎么也脱离不了关系，不过，除了这些小点心之外，镇上的芋头料理也十分美味。

印象中的高雄甲仙，是一个极为质朴的小村子，后因好山好水且盛产芋头，从此赢得了"芋头之乡"的称誉。说到芋头，其实隐含着先民开垦的辛酸历史。甲仙曾是汉人在南部开垦的边界，在群山包围下，这片土地没有稻米生长的条件，只好以芋头当主食，地上的部分呢？芋梗就是最佳的蔬菜。

甲仙地区农业盛产樟木，在甲仙工作制造樟脑的工人数量庞大。在山芋不足食用的情况下，邱坤华先生引进新品种的红槟榔心芋，这种芋头的球根极大，且产量丰富，肉质全粒粉质，松软可口，气味芬芳，它的母芋、子芋、叶柄都可以食用。

第二次世界大战后，因红槟榔心芋的口感特殊，味道特别浓郁，且生长环境要素与甲仙地理环境相契合等有利的因素，所以红槟

槟心芋便顺理成章地成为人人口中的甲仙芋。甲仙人说，芋头没有什么大区别，种在山坡旱地和种在平地水田都一样，只是甲仙山坡地肥沃的腐殖土让槟榔心芋头格外芬芳好吃。

正牌的甲仙芋头一年只有一收，产季在中秋节至农历过年前之间。由于产量不多，没有销往他地的机会，都由镇上冰店、餐厅自行收购。不但产量少，种植过芋头的土地还必须进行2~3年的休耕，让土地休养生息，才会种出好芋头。在休耕期间，有些农户会让土地放着不用，有些则采用轮种的方式，改种嫩姜。这里的姜品质也不错。

产量少，土地又要长时间休耕，甲仙芋头要比一般芋头贵一些价格，是有其道理。

不过，并不是每个季节来甲仙都有芋头可吃，只有产季才吃得到真正的甲仙芋头，平常吃到的都是其他地区的水芋。甲仙的主要街道上，一整排的芋仔冰城、餐厅看得人眼花缭乱。

高雄美浓一带乡村有许多小吃店，烹制各种野味，其中有一种名肴叫"山河肉"，是著名的下酒佳肴。

何谓山河肉？原来就是大山鼠的肉，据说有两类：一类肉嫩味香，那是黄蝶翠谷的山鼠，是吃地瓜长大的；另一类也很肥嫩，但味道稍甜，据说是出于六龟乡山坡甘蔗田的山鼠，是吃甘蔗养肥的。当地人一吃山河肉即能分辨出是地瓜田鼠还是甘蔗田鼠，懂吃的一般点吃甘蔗田鼠。

山河肉的烹制方法是：以山河肉切片，微沾粉，爆香仔姜，以热锅快炒，调以豆豉、辣椒、蒜头等，八分熟时即出锅，味嫩爽口，比山鸡、野兔更为开胃。故远在台中、台北的食客也专程赶到美浓一享山河肉之美味。

澄清湖九曲桥游人如织

郑温乾摄

燕巢珍珠番石榴

欧吟钏

"为什么这番石榴这么甜这么脆?哪里来的?"街坊邻居很好奇,边吃边问。

连续5年，春天刚开始的时候，住在高雄的朋友都远从燕巢寄番石榴来。一整箱打开见着一个个青翠美丽的番石榴,有些还带着叶子，像是春天的模样。果皮脆薄，尝起

来清甜，有如咬一口南方的微风，十分可口。

每一年追着寄赠的朋友，问他从哪里买来这么好吃的番石榴，朋友很忙，他都是这样回答："那是很辛苦种出来的。"一转身又忙他的工作了，没有答案。

今年，我终于有机会问到世代都种番石榴的阿真一家人，他们在燕巢的山坡地种了1000多棵番石榴树，一家大小都住在番石榴园旁边，随时照顾番石榴。

"和番石榴同住是幸福。番石榴开花时，每朵花都漂亮，满山

番石榴花,看得全家人都欢喜。收成时,入口的番石榴果实更是好滋味。青翠的番石榴可口,熟透的番石榴香甜。我们有时吃脆的,有时打番石榴汁,有时腌番石榴,有时还拿来烹调。各种口味都很好吃。"农妇阿真欢喜地说。

"番石榴怕下雨,如果遇到雨天,我们得赶着到番石榴园里排水,怕水多了,影响番石榴的甜度。番石榴也怕大太阳,怕虫或鸟儿啄食。所以,番石榴结果实的时候,我们就用袋子一个个把番石榴包起来。"阿真的家人说,"种番石榴很辛苦,但苦中有乐。"

阿真的公公和婆婆总是教他们,为番石榴装袋子的时候,要说些好话,祝福番石榴快乐长大,因此,她常边包边赞美:"番石榴,你真漂亮。番石榴,快快长大。"

虽然装袋是为了防鸟儿,不过,真正遇到鸟儿来吃的时候,他们让鸟儿也尝尝。"反正那么多番石榴,分给它们尝一点也没关系。"阿真慷慨地说。

"清晨5点采收的番石榴最好吃。经过一夜的露水,这时候的番石榴饱含天地精华,我们赶在阳光出来前采收。"原来,他们在清晨4点多就起床,赶早到番石榴园工作。我尝的是第一批还沾着露水、带着祝福的番石榴,难怪这么好吃。

其实,番石榴好吃还有一层不为人知的深奥原因,那就是荒漠枯寂的泥岩恶地,经过雨水的冲刷,流到燕巢乡的平原上,成为含镁量丰富的良田沃土,孕育出滋味甜美、咬感脆爽的珍珠番石榴。

正午,南台湾的炙阳火辣地照在看似荒漠枯寂的泥岩恶地上,一片片棱脊如刀锋般尖锐挺立着,在翠竹与山陵的陪衬下,显得更加干枯与荒凉。不远的乌山顶上,有如巨大白蚁丘的泥火山,正"噗噗"地喷流出浓稠黏滞的铁灰色泥浆。这里是高雄县燕巢乡东北山区的月世界，如此的景致并不仅止于视觉的诡奇幻变，其中更包藏着燕巢番石榴的美味源头。

经过雨水的冲刷作用，泥火山的泥浆和构成月世界的疏松青灰岩土，沿着深水溪和浊水溪冲积到燕巢乡的广阔平原上，荒枯的山水一转成为肥腴富饶的良田。燕巢乡的果农相信这些独特的土壤不仅黏度高，含水性佳，而且蕴藏丰富的微量元素，正是让燕巢乡的珍珠番石榴特别甜美可口的秘密所在。燕巢乡的土壤含镁量较高，使珍珠番石榴风味特佳，除了甜美，还带有爽口的迷人酸味。

我翻开资料才了解，燕巢乡有台湾最广阔的番石榴园，在全岛7500公顷的种植面积中就有1600公顷是位于燕巢乡内，而燕巢珍珠番石榴更是全岛最闻名的番石榴产品。不管是不是来自燕巢，市面上的珍珠番石榴总要冠上燕巢的名号。虽然名声响亮，但是燕巢以番石榴闻名也不过是近十年的光景。而在一切流转迅速的台湾岛上，已经足够让燕巢成为番石榴的经典。传奇的背后，真正关键的转折点，正是超优质番石榴品种"珍珠拔"的诞生。

番石榴在台湾生根有300多年的历史，在清初高拱干的《台湾府志》一书中即有记载。这种原产于热带美洲的桃金娘科常绿乔木果树，经由欧洲航海家带到南洋，再经由渡海来台的祖国大陆移民引进种植。因为来自南洋且多子如石榴，于是取名番石榴，又称为"哪拔"或"拔仔"。300多年来，从早期的野生种到后来引进的"无子拔"、"红肉拔"和"泰国拔"等等，基因本来就不甚稳定的番石榴，在台湾的土地上曾经繁衍出众多的品种，直到"珍珠拔"的诞生，才成为台湾最具代表性的优质番石榴。

　　滋味甜美、咬感脆爽的珍珠番石榴，外形虽然不比泰国番石榴大，也没有"世纪拔"来得硬脆，香气更不比经常用来制造果汁的"中山月拔"，子粒也比"水晶拔"多，但是它却能集各方的优点，成为全台湾种植最广的独一品种。目前大约有80%的台湾番石榴都是"珍珠拔"，面积已超过5000公顷，而且还在快速增加之中。

　　珍珠番石榴还有特殊的甘甜滋味与淡淡的优雅香气，在口味上找不出任何可与之比拟的番石榴品种。更关键的是"珍珠拔"的结果率高，罹病率又低，比一般品种产量高，更容易种植，同时果实采收后也颇耐保存，注定要成为果农和水果商的最爱。

高雄打狗领事馆　　　　　　　　　　　　　　林建摄　　143

编后记

　　2009年首届"海峡论坛"期间,我社与台湾图书出版事业协会、福建闽台图书有限公司就编辑、出版、发行"作家笔下的海峡二十七城"丛书(台湾部分,共七册)签署合作协议。台湾图书出版事业协会负责按编写体例要求提供稿件,我社负责编辑出版,福建闽台图书有限公司负责在两岸展销发行。据了解,这种合作形式在两岸出版合作上具有独创性和开创性。

　　经过一年努力,这七册图书与读者见面了。它们分别是:台南(安平晚渡)、台北(艋舺风情)、台中(鹿港飞帆)、新竹(竹堑风飏)、嘉义(诸罗望月)、高雄(打狗新姿)、花莲(后山出日)。它们反映了台湾发展历史沿革,体现了台湾历史文化的总体面貌。台湾知名人士连战、吴伯雄、宋楚瑜、王金平、江丙坤、蒋孝严、黄敏惠、胡志强等分别题词祝贺。

　　但因两岸书写习惯和行文模式的差异,文稿多以叙述为主,在可读性等方面与原编写计划尚有一定距离。为提高图书品质,经协商,由我社在编辑过程中,为各册增补了一些大散文作品和精美图片。不足不妥之处,还望读者批评指正。

　　因编写出版时间比较仓促,我们没能与所选用的文章和图片的作者一一联系上,恳请作者们谅解。敬请大家见到本书后,与我们联系,我们将立即奉上样书和薄酬。

海峡文艺出版社

2010年6月